ANSICHTEN
EINER

Geliebten

**ODER: VON EINER
(UN)MÖGLICHEN LIEBE**

ELKE REINAUER

ANSICHTEN
EINER

Geliebten

ODER: VON EINER
(UN)MÖGLICHEN LIEBE

THEATERMONOLOG UND ERZÄHLUNG

FIGUREN:
ELLA (GELIEBTE, FIGUR DES THEATERMONOLOGS)
STELLA (ICH-ERZÄHLERIN, FIGUR DER ERZÄHLUNG)

ICH HABE MICH IN EINEN VERHEIRATETEN MANN VERLIEBT.
WAS SOLL ICH MACHEN?

DIE FINGER DAVONLASSEN.
DIE FINGER DAVONLASSEN?

2. Auflage
© 2023 Elke Reinauer
Mauserstraße 6
78727 Oberndorf

Lektorat: Sarah Stoffers
Korrektorat, Satz & Layout: Lektor-hoch-drei
Coverdesign und Umschlaggestaltung: Florin Sayer-Gabor
Coverbild: Alena Morgana
www.100covers4you.com

Herstellung und Verlag: BoD – Books on Demand, Norderstedt
ISBN: 978-3 -757-85386-0

Die Deutsche Nationalbibliothek verzeichnet diese Publikation in der Deutschen Nationalbibliografie; detaillierte bibliografische Daten sind im Internet über http://dnb.dnb.de abrufbar.

Ansichten einer Geliebten

Ella

(Steht mit zerzausten Haaren neben einem schnittigen Auto und nestelt an ihrer Kleidung.)
Oh, hallo, ich muss mich kurz zurechtmachen.

(Knöpft sich die Bluse zu, fährt sich durch die Haare, schaut zum Auto, dann zum Publikum.)
Mein Freund ist gerade dabei, meine Haare vom Sitz aufzusammeln. Mit einer Pinzette. Das kann dauern. Er sagt, er sucht das ganze Auto nach meinen Haaren ab – danach. Er hat sie schon überall gefunden. Sammelt sie und bewahrt sie in einer kleinen Dose auf.

Ich liebe jedes einzelne, hat er einmal gesagt. Ich weiß nicht, wie oft wir schon Liebe gemacht haben in seinem Auto. Das Auto ist unser Ding, es ist unsere Zeitkapsel, in der wir durch die Welt gleiten. Ich fahre so gerne mit ihm Auto. Da kann ich ihn ungestört betrachten.

Entschuldigung, ich hab mich gar nicht vorgestellt.

Ich bin die Geliebte. Ich werde geliebt, nicht von seiner Frau, klar, sie weiß nichts von mir. Wir reden selten von ihr. Und wenn, benutzt er ein Kürzel: E-F für Ehefrau. Ich benutze D-F für deine Frau. Meistens vergessen wir sie. Nichts und niemanden lassen wir in unsere Liebesblase. Sie ist perfekt, sie ist heilig. Es ist eine Liebe, nach der ich mich lange gesehnt habe.

Warum liebt er mich?

Warum braucht er mich?

Vielleicht, weil seine Frau ihm den Rücken zudreht, wenn er nach Hause kommt. Oder ihn allenfalls die Getränke aus dem Keller holen lässt?

Vielleicht, weil sie ihm nicht mehr in die Augen blickt, ihn nur noch im Vorübergehen berührt. Ich gehe nicht an ihm vorüber. Ich nehme mir Zeit für ihn. Unsere Zeit ist unsere Insel, auf die wir uns im Meer der Einsamkeit gerettet haben. Und doch, so kenne ich mich eigentlich nicht: Geliebte, Schattenfrau, Kurtisane ...

Ich, die mit beiden Beinen im Leben steht. Ich, erfolgreich, klug, schön. Ich hätte nie gedacht, dass ich eines Tages diese Rolle annehmen würde: die Geliebte. Bin ich das?

Ich bin das.

(Blickt nachdenklich vor sich nieder.)

Stella

Ich war immer gerne und oft verliebt. Ich meine, nicht ständig. Aber manchmal könnte man schon sagen, dass ich ins Verliebtsein verliebt war. Früher. Ich liebte einfach diesen Rausch: die Lust, die durch meinen Körper jagt wie Heroin durch die Venen eines Junkies; das Herzbeben, wenn ich ihn sehe; mein Bauch, der sich anfühlt, als laufe dort eine Waschmaschine im Schleudergang; die leichtfüßigen Schritte durch die Welt. Bevor ich ihn traf, war ich Single, nachdem ich drei Jahre lang eine Beziehung geführt und mein Ex mich dann verlassen hatte. Ich sehnte mich nach Liebe, zu lange war ich schon allein. Was tat ich also? Ich betete. Ja, ich betete. Mein Name bedeutet Stern. Für meine Eltern war ich der Stern ihrer Liebe. Nachdem sie lange vergeblich versucht hatten, ein Kind zu bekommen, wurde ich geboren. Meine Mutter war schwanger, als sie schon nicht mehr daran geglaubt hatte. Ein Wunder, ein Stern, der ihnen aufging. So hatten sie es mir einmal erzählt.

Und dass sie gebetet, Gott gefragt hatten, nach einem Kind. Nun war es an mir, ich betete und fragte Gott nach einem Mann. Sonst bin ich eher wenig religiös, aber wie das so ist – steigt die Verzweiflung, rückt Gott näher. Verzweifelt war ich in jener kalten Nacht, als ich mich aufs Fahrrad schwang. Ich brauchte frische Luft. Außerdem musste ich Salz kaufen. Salz, das hatte ich immer wieder vergessen, obwohl es in großen Lettern auf meiner Einkaufsliste stand: SALZ. Aber deswegen war ich nicht aufgebrochen, nein. Ich hatte etwas auf meinem Handy gesucht, scrollte die Liste der Kontakte hinunter, und auf einmal sah ich es: mein Ex und seine Neue. Er hatte sein Profilbild geändert. Zwei lachende Gesichter blickten in die Kamera. Mein Herz ballte sich zusammen wie eine Faust, öffnete sich wieder, zog sich zusammen, pumpte wie verrückt. Ich dachte, ich hätte es überwunden, ihn verarbeitet. Nach dieser Zeit – neun Monate war es nun her, so lange dauert eine Schwangerschaft. In dieser Zeit entwickeln sich Föten im Mutterleib – und ich? Hatte ich mich nicht weiterentwickelt? Dieses Foto warf mich völlig aus der Bahn. Ich hatte mir mein Fahrrad vom Flur geschnappt und war aus dem Haus geflohen, trat kräftig in die Pedale. Dabei hatte ich vergessen, meine Mütze aufzusetzen. Doch egal, meine Hände umklammerten den Lenker, ich spürte die Kälte kaum. Der Fahrtwind trieb mir Tränen in die

Augen, auf einmal ergriff mich Sehnsucht, gepaart mit Wut: Wo ist mein Mann, die Liebe meines Lebens? Warum bin ich allein? Lieber Gott, bitte schick mir doch einen Mann, der mich liebt.

Ich fuhr mit ziemlich viel Schwung auf den Supermarkt-Parkplatz. Zu heftig riss ich den Lenker herum und wich gerade noch so einem Auto aus, das um die Ecke bog. Mein Rad kippte, ich fiel und landete auf dem harten Asphalt. Die Autofahrerin bremste sofort, sprang aus ihrem Wagen, kam zu mir und rief die Ambulanz. Meine Knie bluteten und schmerzten. Ich schlotterte vor Kälte und Schock. Um uns standen Leute, Einkäufer mit Taschen, eine Frau legte eine Decke um mich. Mein Herz schlug rasend vor Schreck in mir. Dennoch wollte ich aufstehen, die Frau redete auf mich ein, ich müsse auf die Sanitäter warten. Es gehe ganz schnell, sagte sie – und ja –, schon hörten wir die Sirenen.

So war das damals gewesen: Ein Knall, ein Fall, und Knall auf Fall stand er vor mir. Er hatte an jenem Abend Schicht als Sanitäter. Und so kam es, dass in dieser kalten Märznacht zwei Blicke ineinander blitzen und plötzlich wurde es still um mich. Seine grünen Augen tanzten wie Nordlichter vor mir. Er stand da wie vom Himmel gefallen. Später würde er das Gleiche über mich sagen. Dass ich ihm vorgekommen sei wie ein Engel, vom Himmel gefallen.

„Mein Name ist Frank Schönberger", sagte er, und sah mich direkt und aufmerksam an. „Und wie heißen Sie?" Ich sah nur seine Augen. „Salz", stammelte ich schließlich. „Ich muss Salz kaufen ..."

Ich wurde auf eine Trage gelegt und ins Krankenhaus gefahren. Sein Kollege fuhr den Krankenwagen. Frank saß bei mir. Die ganze Fahrt über hielt er meine Hand, weil ich ihn in meinem Schock darum gebeten hatte.

Auf einmal fühlte ich mich verletzlich und weich. „Ich muss Salz kaufen", stammelte ich erneut wie irre vor mich hin. Später sagte er, er hätte schon allein deshalb auf eine Gehirnerschütterung getippt.

Seine große schlanke Hand war mein Rettungsanker, an dem ich mich festhielt.

„Sie können morgen auch noch Salz kaufen", sagte er, und es beruhigte mich.

Im Krankenhaus wurde ich geröntgt. Nichts war gebrochen. „Sie hatten Glück", sagte der Sanitäter mit den grünen Augen, als er mir danach meine Schuhe brachte.

Ja, da war es, das Glück. Es hatte mich den Unfall nur mit ein paar Kratzern und Schrammen überstehen lassen. Es schmerzte dennoch, und die Schürfwunden auf meinen Knien brannten. Doch ich lebte. Es hätte alles viel schlimmer enden können, sagte ich mir.

Ich rief meine beste Freundin Ella an. Sie holte mich ab und fuhr mich nach Hause. Ich war nicht mehr dieselbe, ich wusste nicht, ob es der Unfall war, der mich aus der Bahn geworfen hatte oder ob ich verliebt war. Verliebt ...

Mit meinen geprellten Knien saß ich am nächsten Tag in meiner Wohnung auf einem Hocker, ein leichtes Zittern im Herzen und in den Händen. Ich spielte mit einem Bleistift, drehte ihn zwischen den Fingern hin und her. Mir war nicht nach Zeichnen. Ich blickte mich in meinem kleinen Studio um, sah meine selbst gemischten Farben, die Leinwände, die bekritzelten Notizblöcke, die halbfertige Kunstinstallation, und konnte mich nicht aufraffen zu arbeiten, obwohl eine Vernissage anstand. Ich hörte, wie Ella herein kam. Sie wohnte über mir und unsere Wohnungstüren waren nie verschlossen. In der Hand hielt sie eine große blaue Schüssel. Warm lächelte sie mich an, begrüßte mich, ging in meine Küche und verteilte dort Kürbissuppe in zwei Schalen. Sie war so ein Schatz. Ich setzte mich ihr gegenüber an den Tisch.

Wir schlürften langsam unsere Suppe. Ein Hauch von Ingwer, Pfeffer und Orangenschale sorgte für ein volles Aroma.

„Danke, das schmeckt wirklich gut", lobte ich.

„Wer war denn der gutaussehende Sanitäter, der um die Ecke kam, als ich dich gestern abholte?", fragte meine Freundin. Sie beobachtete mich, während ich meine Suppe aß. Ich spürte, wie mir das Blut in den Kopf schoss. „Er heißt Frank", sagte ich und senkte den Blick auf das orangene Suppen-Meer.

Ella lächelte vielsagend. „Frank. Und, wirst du ihn wiedersehen?"

„Wie denn?" Ich aß weiter, eine Pause entstand, der Blick meiner Freundin hing an mir. „Ich weiß nicht", sagte ich schließlich, „er hat nur seinen Job gemacht ..."

„Aber er gefällt dir?"

Ich nickte, einerseits, weil die Gefühle in mir über-schäumten und alle Worte erstickten. Andererseits, weil ich den Mund noch voll heißer Suppe hatte.

„Dann, meine Liebe, besuch ihn auf seiner Dienst-stelle und bedanke dich. So wirst du sehen, ob es ihm auch so geht wie dir."

„Mich bedanken?"

„Ja, ganz höflich. Einfach so, für seinen guten Ein-satz. Er hat doch einen anstrengenden Job, freut sich gewiss über Anerkennung. Und nebenbei kannst du schauen, ober er auch auf dich steht." Sie zwinkerte mir zu. Sie war die Meisterin der Verführung.

„Was für eine gute Idee!", sagte ich.

Auf einmal breitete sich Hitze in meiner Brust aus. Einerseits wegen des erregenden Gedankens, anderer-seits wegen der heißen Suppe.

Also ging ich am Tag darauf in den Supermarkt, kaufte dunkle Schokoladenpralinen für Frank und außerdem noch einige Pakete Salz, die ich für meine Kunstperformance benötigte. Endlich – Salz! Meine Knie fühlten sich schon etwas besser an. Ich überwand den Impuls des Zögerns und machte mich gleich auf den Weg zur DRK-Leitstelle, die neben dem Krankenhaus lag, in das ich in der Nacht des Unfalls gebracht worden war.

Ansichten einer Geliebten

Ella

(Ella sitzt im freizügigen engen schwarzen Kleid auf einem Barhocker in einem varietéartigen Etablissement und spielt verführerisch mit ihren Locken.)

Hallo, ich bin's, die Geliebte. Ich werde geliebt, das steckt ja schon in dem Wort ... na, nicht von seiner Frau, so viel ist klar.

(Lacht ein wenig heiser.)

Wo wir uns kennengelernt haben? Das ist jetzt zwei Jahre her. Damals wusste ich noch nicht, dass er verheiratet ist. Er trug ja keinen Ehering – nicht an jenem Abend im Jazzclub, nicht danach, nie eigentlich. Er hatte ihn vor langer Zeit abgelegt, erzählte er später einmal. Jener Abend ...

(Sinnt nach, als müsse sie sich ganz genau erinnern.)

Ich hatte einen Gig im Jazzkeller. Diese Auftritte sind selten, alle paar Monate. Doch ich liebte sie und ging ganz in der Musik auf.

Mit den roten Plüschsesseln, kleinen Tischchen, auf denen Lampen standen, einer Bar aus dunklem Holz, wirkte der Keller ein wenig, als würde er sich in New York befinden und nicht in Stuttgart. Draußen fiel seit dem Nachmittag unaufhörlich Regen. Ich trug ein enges schwarzes Kleid mit Spitze am Kragen und sang Klassiker von Sinatra. *New York, New York, My Way,* und *The Lady is a Tramp.* Im Publikum waren einige Paare, und in der ersten Reihe saß ein Mann – allein. Sein schwarzes Haar war nach hinten gekämmt, und er trug einen gutsitzenden dunkelblauen Anzug. Er lächelte mir immer wieder zu, und ich begann, mit ihm zu flirten, ihn anzusingen. Bei einem lustigen passenden Stück schwang ich mich sogar auf seinen Schoss und erntete Lachen und Szenenapplaus.

(Schaut herausfordernd ins Publikum.)

Ja, ich bin eine Rampensau. Wer hätte gedacht, dass ich einmal im Schatten ausharren würde? Jedenfalls ...

(Sie versucht, sich wieder genau zurückzuerin-nern.)

... nach der Show sprach er mich an und lud mich zu einem Getränk an der Bar ein. Orangensaft. Ich trinke nie Alkohol.

Er stellte sich als Christian Kaminski vor. Natürlich wollte er Chris genannt werden. Coole Christians sind immer irgendwie Chrisse. Er liebte alte Jazzklassiker und fand, ich hätte sie gut interpretiert. Ich stellte mich auch vor.

(Reicht dem Publikum sinnbildlich die Hand.)

Elisabeth Ahrens, genannt Ella. Klingt wie Ella Fitzgerald, nicht wahr? Ich tanze und schauspielere. Nur, dass ich nicht immer auf der Bühne stehe. Oft bin ich einfach Frau Ahrens, die Gesangslehrerin an der Musikschule oder die Dirigentin des örtlichen Kirchenchors. Doch an diesem Abend war ich Ella, Ella, Ella ...

Wir unterhielten uns so gut, dass ich nur nebenbei bemerkte, wie sich meine Musikerkollegen verabschiedeten, sich der Keller leerte und nur noch Chris und ich übrigblieben. Und weiter erzählten. Über Musik, Jazz, Reisen, New York – wir beide lieben die Stadt, die niemals schläft. Stunden vergingen, auf einmal war es ein Uhr morgens. Gerald hinter der Bar machte unmissverständliche Zeichen, das Lokal endlich zu verlassen. Ich machte ihm auch ein Zeichen, nämlich, er solle die Zeche (drei Orangensaft und zwei Viertel Weißwein) auf meine Credits schreiben. (Im Odeon habe ich immer Credit.) Wir verließen den Jazzkeller. Es regnete immer noch, weder er noch ich hatten einen Schirm dabei. Chris zog sein Jackett aus und hielt es über uns, während ich näherkam, um darunter zu schlüpfen. Ich lachte laut auf. Etwas zu laut. Wir waren uns auf einmal so nah. Er lenkte uns zum Parkplatz hinter dem Gebäude. Ich konnte ihn riechen, so würzig und intim ... den Duft seiner warmen Haut. Und dann blieben wir stehen und küssten uns. O ja, ich wusste genau, was ich von ihm wollte.

Stella

Und dann stand er vor mir. Ich vor ihm. Wir vor uns.

Frank in seinem weißen DRK-Pulli, der orangefarbenen Hose. Ich dachte plötzlich an die Kürbissuppe. Orange. Ich denke in Farben. Ich orientiere mich an den Farben in meinem Leben. Sie geben mir eine Richtung.

Franks Augen, dieses Grün war so schön und seltsam zugleich, bei Tageslicht wirkte es heller. Ich sah die dunklen Sprenkel darin und hätte mich gerne in diesen Farben verloren. Sein braunes Haar sah irgendwie verwuschelt aus, sein Blick überrascht, seine Wangen färbten sich kurz rötlich, ein Aufflackern in Sekundenschnelle nur, aber ich hatte es gesehen und lächelte ihn an. In meiner Hand eine Schachtel Zartbitter-Pralinen.

Wir standen im klinisch weißen Flur, ich hörte das Rauschen aus seinem Funkgerät, das ab und zu unverständliche Nachrichten von sich gab, und sah seine Kollegen an uns vorbeilaufen.

Ich stammelte etwas von seiner guten Arbeit am Unfalltag, hielt ihm die Pralinen hin und sagte: „Ich wollte mich bedanken."

„Das wäre doch nicht nötig gewesen." Er nahm das Geschenk aus meinen Händen.

„Doch, war es", sagte ich.

„Geht es Ihnen gut soweit? Keine Beschwerden? Alles okay?"

Er musterte mich. Sein Blick, der direkt in mein Herz schoss und als Schauer meinen Rücken hinunterlief, überzog meinen Körper mit Gänsehaut und hinterließ eine warme Spur in meiner Seele. Spürte er dieses elektrisierende Feld, das sich zwischen uns ausbreitete? Unsere Blicke trafen sich für einen Moment, und die Zeit stand still, bis ich meine Sprache wiederfand: „Ja, bis auf die Schürfwunden alles in Ordnung."

Ich starrte ihn an. Wie mischt man diesen Farbton? Das seidige Grün zweier Katzenaugen, die mich einmal beim Spazierengehen beobachteten. Das Tier hatte mich direkt angesehen, und ich hatte den Blick erwidert. Genauso fasziniert wie jetzt.

Er fragte mich nach dem Salz, von dem ich ständig geredet hatte. Wie peinlich! „Ja, ich fertige Kunstwerke damit an", sagte ich, und erzählte ihm dann von der anstehenden Vernissage. Er sah mich an, die Waschmaschine in meinem Bauch setzte sich in Gang, und mir wurde fast schwindelig. Ich erzählte irgendetwas von der anstehenden Vernissage, ich weiß nicht mehr was, doch er hörte mir interessiert zu, und dann sagte er: „Ich würde gerne zur Ausstellungseröffnung kommen."

Mir blieb das Herz stehen. „Sehr gerne", sagte ich schließlich.

Er wollte wissen, wo und wann, und wir tauschten unsere Nummern aus. So einfach war das also. Ich lief zur U-Bahn und fühlte mich wie ein Teenagermädchen, das kreischend durch die Bude fegen will, weil ihr Schwarm gesagt hat, dass er zu ihrer Party kommt. Die immer noch brennenden Wunden meiner Knie nahm ich kaum mehr wahr. Der Unfall hatte mich mitgenommen, ja, doch da war Frank. Er gab mir einen Energieschub, der mich zu Hause in mein Arbeitszimmer trieb. Dort mischte ich wie wild Farben. Grün, Katzengrün, mehr Katzengrün, das Grün seiner Augen. Seiner Augen in meinem Kopf. Doch diese Schattierung bekam ich nicht hin. Eine Farbe, die ich nicht fassen konnte.

Ich starrte auf die leere Leinwand vor mir. Ich spürte ihn, am Ende der Stadt, und die Anziehungskraft wie ein Gummiband an mir. Ich wollte zu ihm. Ich tauchte den Pinsel in die Farbe und malte. Ich würde malen – bis es so weit war und wir uns wiedersehen würden.

Die Tage bis zur Vernissage vergingen in einem wundervollen Rausch. Es kam mir vor, als wäre in mir ein Funke, bereit, das Feuer zu entzünden. Ein Teil von mir sah kopfschüttelnd zu, wie das Teenagermädchen morgens aus dem Bett sprang, Musik anmachte und bis in mein Arbeitszimmer tanzte. Ein anderer Teil versuchte zu analysieren und zu verstehen: Er war ein Fremder, den ich nicht einmal kannte, und er löste so eine Energie aus? Ich wollte nicht runterkommen. Ich wollte malen, mich austoben, mich auf die Vernissage freuen und träumen – von Frank, den ich nicht kannte und der mir nicht mehr aus dem Sinn ging.

Dann war es so weit: Ich zog mein enges schwarzes Kleid und die Stiefel mit hohen Absätzen an und einen grünen Schal, den ich mir locker um den Hals schlang. Ich freute mich auf diesen Abend. Meine Kollegen malten mit Rotwein, Kaffeesatz oder sogar Blut und hatten Bilder in der *Kleinen Galerie* im Westen ausgestellt. Ich war die Installationskünstlerin und kam mir ein wenig wie Marina Abramović vor, als ich auf der Bühne, die extra für mich aufgebaut worden war, platziert wurde. Nur dass ich nicht so cool war. Gelassen und ruhig, vielleicht nach außen. Und sicher in meiner Kunst. Doch in meinem Inneren tobte ein vom Sturm der Aufregung aufgepeitschtes Meer. Würde er kommen? Alles, was ich wollte, war, ihm in die Augen zu sehen. Doch hier saß ich, die

Installationskünstlerin, die Porträts aus Salz zeichnen würde. Das war es, wofür ich engagiert worden war.

Die Galerie füllte sich mit Menschen. Das Stimmengewirr im Raum schwoll beständig an. In einer Ecke war ein Büfett mit Käsewürfeln, Lachshäppchen und Getränken aufgebaut. Miranda, die Galeristin, eine Mittfünfzigerin, Schwäbin, in einem bunten Kaftan, wirbelte zwischen den Gästen umher und begrüßte alle herzlich. Sie betrieb die Galerie als Hobby, war aber weit vernetzt mit Künstlern, Mäzenen und Industriellen, weil ihr Mann als Unternehmer arbeitete. Nicht selten verkaufte ein Künstler seine Werke über ihr Netzwerk. Das Zeichnen mit Salz, das ich aus verschiedenen Streuern auf die Tischplatte malte, hatte ich monatelang geübt, und nun war es mehr Jahrmarkttrick als Kunst – aber egal, ich würde mit den Besuchern ins Gespräch kommen, fleißig Visitenkarten verteilen, und vielleicht ergab sich daraus ein Auftrag.

Da kamen sie, die ersten Porträtierwilligen – einer nach dem anderen. Ich vertiefte mich in meine Arbeit, hielt nicht mehr nach Frank Ausschau. Bis ich aufsah, und er vor mir stand.

Wie lange mochte er da schon gestanden haben, die Hände lässig in den Taschen seiner grauen Stoffhose? Das saloppe Jackett über dem blauen Rollkragenpullover.

Mein Herz landete auf einer imaginären Hüpfburg und begann zu tanzen. Ohne Arbeitskleidung wirkte er älter und auch charismatischer.

„Ich beobachte Sie schon eine Weile", sagte er und setzte sich auf den Stuhl mir gegenüber.

„Und? Möchten Sie auch porträtiert werden?"

„Ja, gerne!"

Ich scannte sein Gesicht ab, die kleinen Lachfalten um die Augen, die gerade Nase, der schmale Mund, die hohen Wangenknochen. Als ich das Salz zur Hand nahm, zitterten meine Finger leicht. Ich konzentrierte mich und hoffte, dass er mein Zittern nicht bemerkt hatte.

Als ich begann, war es, als berührte ich sein Gesicht mit meinen Fingern. Es wurde unter meiner Hand auf der glatten Tischplatte lebendig, und ich spürte beinahe seine leichten Bartstoppeln und den Rücken seiner Nase. Ich fühlte ihn, Franks Haut, die Fältchen, die Lippen, erstaunlich weich, das kantige Kinn, seinen Hals. Flink zeichnete ich seine Gesichtszüge mit Salz. Fügte die Feinheiten hinzu und dann geschah etwas, das manchmal passiert. Völlig unerwartet erstarren Menschen vor ihrem Porträt. Weil sie sich selbst erkennen. Mit allem, was sie sind. Auch Frank betrachtete sein eigenes Gesicht mit andächtigem Staunen und schwieg lange. Ich ahnte, was in ihm vorging.

„Das ist Heilung", sagte er. „Du bist eine Heilerin, Stella." Jede Distanz schwand, und aus dem Sie war ganz natürlich ein Du geworden.

Er sah mich an und blinzelte kurz und schnell. Ich hatte die Träne schon bemerkt und tat so, als hätte ich sie nicht gesehen, indem ich den Blick senkte. Manchmal, in Sternstunden, geschieht es, dass ich ein Porträt so zeichne, dass Menschen berührt sind, weil sie sich selbst erkennen.

„Magst du es selbst entfernen?"

„Was?", fragte er zerstreut.

„Das Salz. Es ist nicht für die Ewigkeit gemacht", sagte ich.

Er nickte. Als wolle er sagen: Ja, nichts ist für die Ewigkeit.

„Ich möchte mit dem Handy ein Foto davon machen", sagte Frank und sah mich fragend an.

„Ich runzelte die Stirn: „Wirklich, Frank? Das, was du eben gesehen hast, wird kein Handybild dir zeigen". Er nickte wortlos.

Ich beobachtete ihn, wie er sorgfältig sein Porträt verwischte und das Salz in den bereitgestellten Eimer kehrte.

Das war der Trick an dieser Kunst.

Dann fragte er mich, ob wir nicht in einem Museumscafé einen Kaffee trinken sollten. Das wäre Teil einer Kunstausstellung und sicher interessant. Das

Salz flirrte vor meinen Augen wie eine Schneedecke im Sonnenlicht. Kaffee. Mit ihm. Frank.

„Ja, gerne. Ja!", sagte ich.

„Wann kannst du?", fragte er und zückte sein Handy. Wir verabredeten uns für Mittwoch in diesem Café, das offensichtlich zu seinen Lieblingsplätzen gehörte. Ich trug mir den Termin in meinen Smartphone-Kalender ein. Als ich mein Handy wegsteckte, fanden sich unsere Blicke wieder, ich lächelte, sah weg, sah ihn wieder an. Die Zeit blieb stehen. Er musste es auch fühlen. Bis uns eine schrille Frauenstimme auseinanderriss wie der unbarmherzige Wecker nach einem schönen Traum. Wir schreckten auf.

„Hallo Frank!" Ich sah eine blonde zierliche Frau neben ihm stehen.

„Hey, Katrin. Was machst du denn hier?"

„Ich wohne um die Ecke und war neugierig."

„Stella, das ist Katrin, eine Arbeitskollegin von mir."

„Hallo, freut mich. Ich würde mich auch bitte zeichnen lassen", sagte die Frau und lächelte.

„Ja, klar – wir sind hier fertig. Ich bereite nur eben alles vor.", sagte ich.

„Und ich muss weiter." Frank hob bedauernd die Hände. „Gerne würde ich mich noch am Buffet bedienen, aber ich muss zu meiner Spätschicht."

„Nimm dir doch was für später mit", schlug Katrin vor.

„Ich habe meine Tupperdosen vergessen", scherzte Frank. Sie lachten, dann verabschiedete er sich mit einem Lächeln und ließ mich mit Katrin zurück.

„Woher kennen Sie sich?" Sie nahm auf dem Stuhl Platz, auf dem zuvor Frank gesessen hatte. Ich erzählte kurz von dem Unfall. Katrin nickte, so, als hätte sie schon davon gehört.

„Ich hatte die Tagschicht. Zum Glück ist Ihnen nichts Schlimmes passiert."

„Das hat Frank auch gesagt."

Katrin schien kurz nachzudenken.

„Frank wohnt eigentlich in Böblingen. Hätte nicht gedacht, ihn hier zu treffen. Wir tauschen manchmal die Schicht, wenn er sich um seine Tochter kümmert."

„Er hat eine Familie?"

„Ja, seine Tochter Martina ist gerade sechzehn geworden. Und seine Frau ist Ärztin im Katharinenhospital", sagte sie.

Mir rutschte der Salzstreuer aus der Hand, ich fing ihn gerade noch rechtzeitig auf. Aber Katrin bemerkte es nicht und plapperte weiter. Ich hörte nicht mehr zu. Eine riesige Wolke breitete sich in mir aus – die Geräusche aus der Galerie drangen nicht mehr zu mir durch. Es fühlte sich an, als hätte Katrin auf den Funken in meinem Herzen einen Eimer Wasser gekippt. Es zischte und erlosch.

Ansichten einer Geliebten

Ella

(Im Hausanzug vor ihrem Klavier. Spielt ein paar Töne, hat einen Bleistift in der Hand. Sie schaut auf, dreht den Klavierstuhl zum Publikum.)

Hallo, ich bin's, die Geliebte. Ich werde geliebt. Oder etwa nicht?

Wir standen im Regen, wir küssten uns, wir tauschten Nummern. Wir verabreden uns auf einen Kaffee. Alles geht so leicht, und ich schwebe durch den Tag. Ich nehme mein Handy, ich warte auf Nachrichten. Ich google ihn und suche ihn auf Facebook. Da! Chris Kaminski. Beziehungsstatus: verheiratet.

(Schweigt länger, schaut ins Publikum.)

Einen verheirateten Mann treffen? Das ist wie mit dem Schwangersein: Ein bisschen geht nicht. Ein bisschen verheiratet nur? Nein, er ist vergeben, verheiratet, nicht verfügbar. Lass es, ruft es in meinem Kopf. Du bist eine attraktive, erfolgreiche Frau. Warum solltest gerade du in diese Falle tappen? Und doch – die Anziehung ist so groß: Je größer der Kampf, desto größer die Anziehung.

Doch wenn das Herz bereit ist, findet der Kopf Wege: Ich mache Karriere, ich bin unabhängig und will es auch bleiben. Vielleicht ist er genau jetzt der Richtige. Keine Verpflichtungen. Kein Mann, mit dem man sich um die Fernbedienung streitet. Der seine Socken in die Ecke pfeffert. Der tausend Forderungen stellt. Der den Mädelsabend hasst, mich aber zum Fußballplatz schleift. Der will, dass ich aufhöre zu arbeiten, wenn er gerade Zeit hat. Ja – ich will mein Leben. Es soll frei sein und doch voller Liebe.

Und ich spüre: Dieser Mann ist hungrig nach mir und meiner Liebe. Hungrig nach Sex, Zärtlichkeit und Aufmerksamkeit. Und dankbar für jede Streicheleinheit und jeden Kuss. Ich spüre das in seinen Nachrichten schwingen. Und er schreibt viele Nachrichten: Es sind diese Nachrichten, die wir Frauen so gut kennen, und die uns doch immer wieder so guttun. Wir berühren sein Herz, wir machen ihn ratlos, und demütig bittet er um ein Stelldichein.

Ich ging also zu unserem Treffen. Und eins muss man ihm lassen: Er gesteht es mir. Direkt nach dem Hallo. „Ella, ich bin verheiratet", sagt er. Und dabei belässt er es leider nicht, es folgen nähere Erklärungen. Dass die Ehe kompliziert sei, dass er sich trennen möchte. Und ganz Mann der Tat, hat er auch schon

Schlussfolgerungen für mich parat wie die, dass er natürlich verstünde, wenn ich ihn nicht mehr treffen wolle. Er schweigt. Endlich. Und greift nach meiner Hand, um sie zu streicheln.

Mein Herz rast, ein Teil von mir will fliehen, ein anderer will ihn wild küssen. Ich bleibe. Ich bleibe einfach sitzen. Ich lasse ihm meine Hand. Was hättet ihr getan?

Nun geht es mit uns schon einige Zeit.

Alles würden wir tun, nur um uns sehen zu können, und sei es für eine Stunde. Es zieht uns unaufhörlich zueinander wie zwei Magnete, egal wo wir gerade sind. Am Anfang haben wir uns gegen diese Kraft gestemmt. Doch diese Liebe nicht zu leben – das wäre gewesen, wie ein herannahendes Gewitter verhindern zu wollen. Die Elektrizität ist greifbar, das Grollen des Donners bringt Regen und Blitze. Das Gewitter geht nieder, unaufhaltsam. Wenn wir uns lieben, fühlt es sich genauso an wie ein Unwetter. Wir geben uns ganz – bis zur Erschöpfung. Ich gestehe, ich provoziere ihn: Wenn wir uns in seiner Mittagspause bei mir treffen, dann trage ich nur einen Mantel, hohe Riemensandalen und darunter die halterlosen Strümpfe, die er so mag. Bei mir kann er sich fallen lassen, voll und ganz lässt er sich in mich fallen.

Er steht in meiner Zimmertür, stützt sich mit einem Arm ab, während ich fast nackt auf ihn zugehe und das Gefühl genieße, dass er mein ist. Warum tue ich das? Weil ich Lust dazu habe. Weil ich weiß, er geht danach wieder, und ich kann an meinem Musikstück weiter komponieren oder spontan noch ausgehen mit meinen Freundinnen; ihn dabei noch an meinem Körper spüren wie ein Parfüm.

Ich lasse mich nicht aushalten von Chris. Klar, er ist älter, hat mehr Geld als ich – aber das ist es nicht. Es ist die Leidenschaft, die es nur in einer Affäre gibt, die uns süchtig nacheinander macht. Das Verbotene. Wird es auffliegen?

Es ist das Vermissen und die Sehnsucht. Und wenn wir uns dann wiedersehen, dann bin ich im Liebesrausch. Im Gefühl, nur im Gefühl. Er liebt mich so sehr. Er braucht mich. Wie er mich manchmal ungläubig anschaut: *Warum so eine schöne Frau mich liebt?*, fragen seine Augen. Tja, als Antwort würde ich ihm sagen: Weil diese Frau so unerreichbar und geheimnisvoll ist, gerade das macht sie so schön. Und weil sie genau das will, sich nicht binden, an einen Mann, der womöglich zu viele Ansprüche stellt, der langweilt im Alltag. Das macht sie überlegen. Ich sage es nicht.

Und er lässt mich, klammert nicht. Deshalb kann auch ich mich in seine Arme fallen lassen.

Klar, Chris macht sich Sorgen. Er besucht, immer wenn es trotz E–F möglich ist, meine Konzerte, bringt mich nach Hause. Wir haben die Vereinbarung, dass wir uns immer per Nachricht gute Nacht sagen.

Stella

Wieder lagen meine inneren Teile im Clinch. Das Teenagermädchen lag traurig auf dem Bett. Der Prinz war zwar auf der Party gewesen, aber er hatte mit einer anderen getanzt. Mein vernünftiges Ich schalt es: Was willst du von einem verheirateten Mann?

Das fragte mich auch meine Freundin Ella und schlug lasziv ihre langen Beine übereinander, während wir in ihrer Wohnung Kaffee tranken.

„Eigentlich will ich nichts von ihm. Aber wenn ich ihm in die Augen blicke, fühlt es sich so vertraut an. Ich spüre einfach … so viel, wofür es keine Worte gibt."

Ich bin keine Frau der Worte, was also sollte ich ihr sagen? Meine Freundin war gerade dabei, ihr neues Ein-Frauen-Theaterstück zu schreiben. Als Musikerin und Schauspielerin tritt sie oft als Solokünstlerin in verschiedenen kleinen Theatern auf. Auf meine gefühlvolle Eröffnung wusste sie wohl nichts zu sagen.

Sie musterte mich nur lange und seufzte: „Er ist verheiratet. Das wird nie klappen. Du liebst ihn?

Willst du die Geliebte werden?" Sie stand auf, nahm sich Stift und Block von dem kleinen Schreibtisch in der Ecke.

„Nein, natürlich nicht. Ich weiß nicht, wie das ist, und ich wills auch nicht wissen", antwortete ich. Wir saßen uns gegenüber, sie mit Block und Stift in der Hand. Fast so wie früher zu Akademiezeiten: Ich hatte bildende Kunst studiert, sie darstellende. Manchmal schrieb sie Ideen auf, während ich ihr Gesicht zeichnete. Dass ihre Ideen sich auch für Theaterstücke eigneten, war ihr schnell klar geworden. Sie hatte ein Talent für Worte, während mir diese oft fehlten.

„Was soll ich tun, wenn ich mich in einen vergebenen Mann verliebe?"

„Die Finger davonlassen."

„Die Finger davonlassen?"

„Ja, es sein lassen", sie machte eine Pause, überlegte, kratzte sich mit dem Stift am Kopf. „Ich werde darüber schreiben. Endlich werde ich darüber schreiben." Ihre Augen leuchteten auf wie zwei Scheinwerfer. „Denn wir Frauen wissen doch alle, wie es ist. Die Geliebte. Die Betrogene. Wir Frauen haben das alles in uns.

„Das klingt nach Drama".

Ein leichtes Lächeln umspielte ihre Lippen. „Das ist es auch. Aber noch mehr, Leidenschaft und Leid ..."

„Ich bin nicht die Geliebte", unterbrach ich sie und stand entschlossen auf. Es kam nicht darauf an, schön zu sein. Sondern auf den Charakter, dachte ich, während ich meine Freundin betrachtete und mir vorstellte, wie sie in die Rolle der Geliebten schlüpfte. Ein Bild tauchte vor mir auf: Ich sah Ella in schwarzer Spitzenunterwäsche, wartend in einem Hotelzimmer, auf dem Bett sitzend. Das Bild einer Geliebten, ich wischte es beiseite und bekräftigte meine Worte: „Ich habe nicht vor, die Geliebte zu werden." Ich sah mich nicht als eine jener Frauen, die ich mir im Minikleid, mit knallrotem Lippenstift und hochhackigen Schuhen gefährlich attraktiv vorstellte. Ohne Skrupel nimmt sie sich den vergebenen Mann. Macht ihn süchtig durch Sex. Ist wild, manchmal heiß, manchmal kalt. Nie ganz nahbar. Eine Femme fatale. Eine Frau, die von anderen Frauen misstrauisch beäugt wird. Gehasst. Weil sie sich nimmt, was ihr nicht gehört.

Nein. So war ich nicht.

Ella lächelte spitzbübisch: „Was aber, wenn doch? Dann musst du mir alles erzählen, machst du das?"

„Erstens mache ich es nicht", antwortete ich fast trotzig, „und zweitens erfährst du doch sowieso immer alles – oder? Freundinnen ohne Geheimnisse."

Ja, sagte sie nachdenklich: "Freundinnen ohne Geheimnisse". Dann öffnete sie den Mund, und es sah aus, als wollte sie noch etwas sagen. Aber sie schwieg und trank einen langen Schluck schwarzen Kaffee.

Auch ich schwieg: Frank ging mir nicht aus dem Kopf. Wir waren schon zum Kaffee verabredet. Ich stand an einer Weggabelung, das spürte ich. Sagte ich ihm ab, schlug ich den Weg der Konsequenz und Vernunft ein. Ginge ich zum Treffen, dann folgte ich meinem Herzen. Was war richtig? So etwas macht man nicht. Und dennoch ... es würde bei einem Kaffee bleiben, es musste nicht mehr daraus werden. Ich beschloss, ihn zu treffen und meinem Gefühl nachzugeben.

Ich sagte mir, dass es ja nur ein Kaffee war. Dass ich so etwas sonst nicht tue. Ich würde ihm sagen, dass ich keine Absicht hatte, eine Familie zu zerstören. Ich bin nicht so.

Die Finger davonlassen. Das würde ich tun.

Ich kämmte mein langes Haar vor dem Spiegel und dachte dabei an ihn. Ich schlüpfte in einen enganliegenden Pullover, der meine schmale Taille betonte. Ich sah gut aus, fand ich, als ich mich auf den Weg machte. Er sah verwegen aus in seiner braunen Lederjacke. Frank wartete auf mich vor dem Café neben dem Museum. Wir standen uns gegenüber, endlich oder schon wieder, und es gab nur noch uns. Und ich konnte nicht anders! Das war die dümmste Ausrede der Welt und doch: Ich konnte nicht anders, als ihn anzulächeln. Kaffeeduft und Stimmengewirr schlugen uns entgegen, als wir den Gastraum betraten. Schokoladenbraune Möbel standen im Kontrast zu einer wandhohen Glasfront, die viel Licht hereinließ und den Blick in einen Skulpturengarten freigab. Wir setzten uns an einen Tisch in einer Nische und bestellten Kaffee. Er trank seinen schwarz, ich mit Milch. Wir unterhielten uns und ließen unseren Kaffee kalt werden. So gebannt waren wir voneinander. Die Menschen im Café verblassten um uns herum. Die Bedienung hatte ohne Worte verstanden, dass sie uns in Ruhe lassen sollte. Wir berührten uns mit Blicken, während unsere Finger sich jeweils um die Tassen vor uns schlossen oder mit dem Löffel spielten, sich aber irgendwie suchten und doch nur die Porzellanhenkel fanden.

Natürlich hatte ich ihn nach seiner Frau und Tochter gefragt. Frank sagte: „Meine Situation ist kompliziert. Ich weiß. Und ich will das niemanden antun. Meine Tochter Martina ist in der Pubertät, gerade sechzehn geworden. Meine Frau ist Ärztin, wir sehen uns kaum, arbeiten oft Gegenschichten. Wir haben uns auseinandergelebt und sind eigentlich nur noch wegen Martina zusammen."

Ich sah ihn verächtlich an und sagte: „Wenn du das einmal deiner Frau gesagt hast, dann kannst du mich gerne anrufen. Ich sollte jetzt gehen."

Er sah mich ernst an. „Bitte bleib."

Ich wollte ja nicht fort.

Jedenfalls mein Herz nicht.

„Du bist so kreativ. Das hat mich schon bei der Vernissage beeindruckt", sagte Frank. „Dein Wesen, deine Art, dich in die Arbeit zu vertiefen, das hat etwas bei mir ausgelöst. Ich bin auch kreativ, habe aber niemanden, der das versteht."

Ich blieb sitzen.

„Was machst du denn Kreatives?", wollte ich wissen.

„Ich schreibe Gedichte und kurze Texte. Derzeit über Tiere. Hab sogar ab und an etwas veröffentlicht. In Literaturzeitschriften und auf Plattformen. Und irgendwie glaube ich, wir haben uns vielleicht auch deshalb gefunden, weil wir beide kreativ sind."

Gefunden, mein Herz sprang, was für ein großes Wort sprach er da so beiläufig aus.

Gefunden, so weit sind wir noch nicht, Frank, dachte ich – und doch gefiel mir das Wort. Vielleicht doch – *gefunden*.

„Und deine Frau? Weiß sie davon?"

„Ja, aber sie kann damit irgendwie nichts anfangen. Sie denkt ganz anders als ich, ihr Arbeitsalltag ist anders, ihr Wesen ist anders, so pragmatisch, durchgeplant. Ich träume manchmal ganz gerne vor mich hin und schreibe dann etwas Lyrisches."

„Jetzt hast du mich kennengelernt, und ich male Bilder. Und träume auch manchmal gerne vor mich hin." Ich zwinkerte ihm zu.

„Ich habe schon immer davon geträumt, ein Projekt gemeinsam mit einer Künstlerin zu starten. Collagen aus Gedichten, Worte sichtbar machen, Farben hinzufügen. Eine Komposition aus Bildern und Gedichten."

Insgeheim hatte ich auch oft davon geträumt, einen Mann an meiner Seite zu haben, mit dem ich gemeinsame Projekte umsetzen konnte. Wir könnten uns gemeinsam befruchten in der Kreativität, dass sie noch mehr Blüten treibt und Früchte trägt. Wie bei einem Garten: Mit zwei Gärtnern gab es mehr Blumen und Samen, die aufgingen.

„Was hältst du davon, wenn wir etwas Gemeinsames machen? Vielleicht lese ich dir meine Gedichte vor, da könntest du etwas dazu malen. Ich weiß, das kommt überraschend, eigentlich kennen wir uns ja erst seit Kurzem. Und doch habe ich das Gefühl, dich irgendwie schon länger zu kennen." Frank räusperte sich, trank hastig einen Schluck Kaffee.

„Geht mir auch so", sagte ich. Und meinte es so. Das war nun unsere zweite Begegnung, den Unfall nicht mitgezählt. Und wir redeten so, als wären wir Freunde, Vertraute – Liebende? Ich sagte ihm, dass ich über ein gemeinsames Projekt nachdenken würde und dass jetzt erst eine Kommissionsarbeit anstünde. Frank freute sich für mich, als ich ihm erzählte, dass die Vernissage mir einen größeren Auftrag eingebracht hatte.

„Davon lebe ich", erklärte ich ihm. „Klar, das Unterrichten, das bringt auch etwas ein. Aber die Aufträge sind wichtiger."

„Hast du dann noch Zeit für deine eigene Kunst?", fragte er.

„Ja, die nehme ich mir." Ich erzählte von meinem Studio im Wohnzimmer und von meinem Wunsch, ein eigenes großes Atelier zu besitzen. Wir redeten weiter über Kunst und das Kreativsein. Er hatte eine Art zuzuhören, die mich faszinierte. Dabei wartete er nicht darauf, bis ich fertig gesprochen hatte, um mir seine Gedanken mitzuteilen, nein, er hörte wirklich zu. Ein schönes Gefühl war das. Mein Verstand drängte mich irgendwann zum Aufbruch. Du musst jetzt heim, bevor noch mehr passiert und ihr vielleicht sogar Händchen haltet, Stella, sagte die Stimme der Vernunft in mir. Noch einen Moment, bettelte meine andere Seite und blickte Frank tief in die Augen.

„Wie mischt man dieses Grün?", fragte ich tatsächlich, so als wüsste er die Antwort.

Irritiert blickte er mich an. „Was?"

„Deine Augenfarbe", sagte ich und musste lächeln. „So einen Farbton habe ich noch nie gesehen."

„Ach dieser Mischmasch. Das gefällt dir?" Sein kurzes Erröten fand ich so sexy. Es steckte mich an, meine Wangen wurden heiß.

Verlegen erzählte ich weiter – von meinen Bildern, von Farben, die ich selbst herstellte, mischte und wollte doch nur eine Farbe: sein Augen-Grün. Doch tief im Inneren wusste ich, dass ich es nie besitzen würde. Nie.

Und das machte es noch kostbarer.

Wir verabschiedeten uns mit einer Umarmung. Er war einen Kopf größer als ich, und ich lehnte mich für einen Moment an ihn, spürte, dass er nicht schwankte, sondern stark wie ein Baum auf der Erde stand. Sog einen Moment seinen Duft ein, und dann ging ich nach Hause. Im Studio versuchte ich wieder, seine Augenfarbe zu mischen, scheiterte kläglich und machte mich dann an meine Auftragsarbeit, um mich abzulenken.

Am nächsten Tag fand ich Ella in einem roten Kleid vor, das sich perfekt an ihren Körper schmiegte. „Wie findest du es", fragte sie, als ich ihre Wohnung betrat und ihr ins Wohnzimmer folgte.

„Atemberaubend! Hast du noch ein Date?"

„Nein. Es ist mein neues Bühnenoutfit." Ella baute sich vor mir auf, während ich auf dem Sofa Platz nahm.

„Ich bin die Geliebte", sagte sie nach einer Pause.

„Die Geliebte?"

„Ja. Ich habe diese Figur entworfen. Sie ist schön, unabhängig und sexy und verliebt sich in einen verheirateten Mann. Dazu brauche ich nur ein paar Scheinwerfer, umwerfende Kleider und natürlich mich. Es wird grandios."

Ich sah sie an. Eigentlich wie du, sagte ich gedankenverloren. Wartete sie nur darauf, dass ich zum Opfer wurde, zum Opfer einer Beziehung, die sie für ihr Theaterstück verwenden konnte? Nein, so war sie nicht.

Sie griff nach ihrem Laptop. „Magst du einen Auszug hören?

Ich lehnte mich zurück. „Schieß los."

Als Ella fertig war mit dem Vorlesen, blickte sie von ihrem Laptop auf. Ich sagte nichts, zu viele Gedanken schwirrten mir im Kopf. Frank, wo wohnte er? Wie wohnte er? Würde es mit mir auch so weitergehen, dass ich eines Tages vor seinem Haus stand? Ich durfte nicht rein. Ich durfte nicht in sein Leben eindringen; es durch-ein-ander-bringen. „Ich werde so etwas nicht tun", sagte ich mit fester Stimme und sah Ella an. „Deine Geliebte ist ja schamlos."

In diesem Moment vibrierte mein Handy mit einer Nachricht von Frank. Er fragte, ob wir uns bald wieder treffen wollten.

Ella setzte sich zu mir, blickte mir über die Schulter und legte mir dann eine Hand auf den Arm.

„Ja, du wirst das nicht tun", sagte sie augenzwinkernd. Ich antwortete Frank mit einem Ja. Ich wollte ihn treffen, ich musste ihn sehen.

Ansichten einer Geliebten

Ella

(Sitzt in schwarzer Spitzenunterwäsche auf einem Bett. Die Umgebung wirkt wie ein Hotel.)

Hallo, ich bin's wieder, die gehasste Geliebte. Ich werde geliebt, von ihm. Nicht von ihr. Oder euch, nein, macht euch nichts vor. Ich bin die Schlampe. Die Diebin ohne Gewissen. Die sich so egoistisch nimmt, was sie will: den Mann einer anderen Frau.

Kürzlich war ich im Neubaugebiet.

Was ich hier mache? Nachts, allein im Neubaugebiet? Eine Frau wie eine streunende Katze. Ich wollte einfach mal sehen, wie Chris so lebt. Er ist stets bei mir. Oder hier im Hotel, in unserem Zimmer, unserem Abenteuerzimmer.

(Sie streicht über die Bettdecke und zieht unter der Bettdecke eine kleine Peitsche hervor.)

Ich bin nie bei ihm. Er hat einmal gefragt, ob ich ihn besuchen wolle, wenn seine Familie nicht da ist, aber ich wollte nicht. Ich will nicht das Haus betreten, das er sich mit ihr gebaut hat. Ich will nicht die Fotos sehen, die Hochzeitsfotos, die Bilder der Tochter ... Nicht mal in seinem Stadtteil war ich, seit es angefangen hat.

Immer war es eine Phantasie. Wie ich die Adresse finde, dann aussteige und an seiner Tür klingle. Und nun? Im Angesicht der Realität fühlt man sich so klein und mutlos.

Ich erinnere mich an Chris, der zu mir sagt: „Bitte mach das nie, steh nie vor meiner Tür und mach eine Szene." Er flehte und wirkte dabei so kindlich. Ich habe es ihm versprochen. Und nun? Ich will es sehen. Sein Haus. Ich ziehe die Kapuze über den Kopf. Da ist es, das ist es also, das Haus, das er nicht aufgeben will. Das ist also sein Vorgarten, sein Besitz. Das ist also seine Tochter, die hier hinter dem Fenster mit der rosaroten Gardine lebt. Das sind also die roten Rosen, die seine Frau im Vorgarten gepflanzt hat. Wow, sie sind so gepflegt und schön. Das ist die Türschwelle, über die er jeden Morgen geht. Über die er sie vielleicht sogar getragen hat nach der Hochzeit.

(Sie schlägt mit der Peitsche auf das Bett ein, wütend, scheint sich zu vergessen, kommt wieder zu sich, lächelt verzerrt ins Publikum.)

Chris trägt mich auch manchmal. Das tut er tatsächlich, ab und zu hebt er mich hoch und trägt mich zum Bett. Ich mag das sehr. Er ist stark, und ich habe das Gefühl, dass er mich auf Händen trägt. Und das tut er … Wo waren wir? Ach ja, hier haben sie auch Solar-leuchten im Vorgarten. Sehr spießig. Rund und weiß wie Planeten in der Nacht, so leuchten sie. Irgendwo plätschert ein Brunnen, so ein Zierbrunnen aus dem Baumarkt.

Und jetzt stehe ich hier, komme mir vor wie eine Spionin oder eine Touristin. Was suche ich im Neu-baugebiet? Das Leben der Menschen hier sieht so per-fekt aus. Zwei Autos vor der Garage, die Lichter hinter den Fenstern. Die Häuser so quadratisch, weiß, ge-stutzter Rasen, formvollendete Rosen. Doch niemand weiß, wie es innen aussieht. Dort oben ist irgendwo ihr Schlafzimmer. Ob er tatsächlich auf der Couch schläft, wie er immer sagt?

Wie viele Männer gibt es wohl, die sich die perfek-te Methode ausgedacht haben so wie Chris? Manch-mal trägt er Sportkleidung. Schlau, oder? Kurz bevor er nach unserem Treffen hierher nach Hause kommst, spritzt er sich Wasser ins Gesicht und stürmt ins Haus. So verschwitzt wirkt er, er war ja gerade beim Sport.

Ich stelle mir vor, wie Chris zur Haustür reinstürmt und nur daran denkt. Er wirft ihr schnell einen Gruß zu, läuft an ihr vorbei ins Bad. Schnell duschen, Chris, damit sie mich nicht an dir riechen kann. Runter mit den Kleidern, Mist, da ist ein weißer Fleck auf der Shorts! Ab damit in die Waschmaschine.

Er pfeift, er schrubbt unseren Liebesnachmittag ab. Ich dusche nicht, nein,

(Wälzt sich auf den Laken.)

Ich möchte ihn noch in meinen Haaren riechen, die ich wie einen Vorhang vor mein Gesicht hänge. Weil ich ihn bei mir haben will. Für immer und immer. Es ist unser Geheimnis. Ich helfe dir lügen, Chris.

Ich lächle, als ich das Neubaugebiet verlasse. Eines Tages fahren wir zusammen nach Hause. In unser Zuhause.

Stella

Wir trafen uns in einem Café, das ironischerweise „Mrs. Jones" hieß. Wie in diesem Song: *Me and Mrs. Jones.* „... We meet every day in the same cafe. Six-thirty ..." Niemand weiß, dass du hier bist. Wir halten Händchen ... Das fuhr mir im Kopf herum, weil ich mich so danach sehnte, seine Hand zu halten. Wir beide wissen, es ist falsch. Aber es ist zu stark, singt der Sänger laut und seelenvoll.

Er wartete auf mich, an einem Ecktisch sitzend, eine Tasse vor sich, den Kopf in die Hand gestützt. Er sah auf, als ich herantrat. Kronleuchter, rote Samtbezüge, leise Loungemusik. Ein passender Klangteppich. Wir begrüßten uns mit einer kurzen Umarmung, und dann setzten wir uns. Die Kellnerin erschien, Frank bestellte einen weiteren Espresso, und ich einen Kaffee mit heißer Milch. Er erklärte, dass er schon früher da gewesen sei und die Zeit zum Schreiben genutzt habe. Erst jetzt sah ich das ledergebundene braune Notizbuch auf dem Tisch liegen.

„Hast du was geschrieben?", fragte ich.

Er nickte und erzählte mir etwas von seinen Gedichten, ich hörte nur am Rande zu. Ich war abgelenkt von meinem Herzrasen und seinen Augen.

Wieder dieses Grün ... Fast wie im Mai, an den Bäumen zarte Blätter, dazwischen Tannenbäume mit dunklen Nadeln. Die Mischung aus beidem, hell und dunkel. Irgendwo dazwischen lag seine Augenfarbe, und je nach Lichteinfall war sie anders. Heute erschien sie mir dunkler. Etwas mehr Schwarz in die Farbmischung hineingeben, machte ich eine mentale Notiz, doch ich wusste schon, dass ich wieder scheitern würde. So wie wir scheiterten in diesem Gespräch. Ja, was soll das: Freunde sein? Freunde? Also Freundschaft hieß reden, und reden hieß sichaustauschen mit Worten. Und Fragen stellen. Kein Flirten, kein Erröten, keine Küsse.

Ich sagte es ihm: „Wir werden nur Freunde sein, ja?"

Er nickte. Ich atmete auf, das war geklärt.

Dann las er mir eines seiner Gedichte vor. Es ging um zwei Nilpferde in Afrika und war für Kinder und Erwachsene zugleich geschrieben. Mit Witz und Humor, aber auch Ernst beschrieb er Umweltverschmutzung und Tierquälerei sehr treffend, wie ich fand. Das Ganze reimte sich auch noch auf eine Art und Weise, die alles andere als einfach und simpel war. Sehr durchdacht und clever, fand ich, und sagte es ihm.

Frank freute sich.

Aber vielleicht kann er mir vorlesen, was er will, dachte ich. Ist meine Wahrnehmung gestört? Was sagt der Mund, wenn ich die Augen sehe?

„Immer wenn ich sage, ich schreibe Tiergedichte, rollen manche Menschen mit den Augen."

„Ich habe mir darunter auch etwas Simples vorgestellt", sagte ich.

In Frank steckte eine ganze Welt aus Bildern – Sprachbildern.

„Du malst mit Worten", sagte ich. Und war froh, dass ich mir doch eine klare Meinung gebildet hatte.

Er errötete leicht. Ich sog ihn mit allen Sinnen ein.

Wo ist die Grenze zwischen dem Ich und Du? Wo das Ende der Linien? Auf dem Papier konnte seine Gestalt fließen, verschmelzen mit der Umgebung oder mit einer anderen Gestalt, mit mir vielleicht. Verschmelzen, ja, da drängte mein Herz fast aus meiner Brust heraus.

„Ich wollte dich fragen, ob du mir vielleicht Modell sitzen willst? Ich möchte dich porträtieren. Also nicht nur mit Salz. Hast du Lust dazu?"

„Und ob! Sehr gerne!", Frank lächelte und sah mich an, mit diesem Blick, so offen und voller Zuneigung, Liebe, ja Liebe fühlte ich im Herzen, während mein Kopf aber noch auswertete und bewertete und versuchte zu analysieren. Freunde, ermahnte ich mich. Wir sind Freunde.

Wir tranken unseren Kaffee aus und gingen noch spazieren. Vorfrühling lag in der Luft. Im Park duftete es nach Moos und feuchter Erde. Die Knospen an den Bäumen drängten danach, aufzublühen wie mein Herz. Wir spazierten und unterhielten uns wie bei einem schönen Date, das vom Kaffeetrinken in den Abend übergeht. Jetzt noch Essen irgendwo in einem Restaurant. Doch es war schon sechs Uhr, da standen wir uns schließlich gegenüber. Niemand sagte etwas. Ich spürte seinen Atem auf meinem Gesicht, doch wir berührten uns nicht. Auf einmal verschmolzen wir, und ich erkannte etwas in ihm, etwas, das ich nicht fassen oder ausdrücken konnte. Ein Erkennen, so kraftvoll, dass es mir den Atem raubte. Als hätten sich zwei verlorene Seelen wiedergefunden.

„Stella, ich muss leider los", sagte er, und der Moment war vorüber.

Ich nickte.

Freunde, nur Freunde: Es ist eine Lüge, du weißt, dass du dich belügst, sagte eine leise Stimme in meinem Kopf, als ich ihn durch den Park davongehen sah. Dann drehte ich mich um und lenkte meine Schritte wie mit Gewalt in die andere Richtung. Zu Ella, ich musste ihr etwas erzählen.

Ansichten einer Geliebten

Ella

(Mit Kopfhörern und Jogginganzug, joggt auf die Bühne, leicht außer Atem, trällert noch den Refrain von Me and Mrs. Jones, wendet sich dann ans Publikum.)

Hallo geliebtes Publikum. Ich bin's, die beliebige Geliebte.

Me and Mrs. Jones. Jeden Tag treffen wir uns im Café. Na ja, Chris und ich treffen uns gerne im Wald auf abgelegenen Parkplätzen oder bei mir, wo er dann auch mal für uns kocht. Das kann er gut. Er kocht männlich: Rindersteaks mit Kartoffelgratin. Und meist kocht er mit nacktem Oberkörper. Es könnte spritzen, meint er.

Me and Mrs. Jones ... Wenn man den Song zu Ende hört, ganz hinten am Schluss: „... We gotta let 'em know now, that we have a thing going on ..." Hört mal rein, der Sänger wünscht es sich, es allen zu sagen ... es zu offenbaren ... Wenn der Song ausklingt, kommen die leisen Wünsche.

Chris offenbart mir Liebe und Nähe. Das fühlt sich so gut an. Warum nicht mehr wollen? Warum ihn nicht ganz spüren und haben? Ohne diese Heimlichtuerei. Wenn es rauskommt ... wäre das denn so schlimm?

(Ella schreit den Satz ins Publikum.)
„Männer: Wäre das denn so schlimm?"

Dann verliert er alles: das Haus, sein Kind, sein Geld, die Freunde. Den Hamster, den Gartenzwerg und das gute Verhältnis zu den Nachbarn. Seine Würde, seinen Ruf, das Vertrauen seiner Schwiegereltern, und natürlich sein Auto – den Porsche Cayenne.

Ich habe herausgehört, es gibt noch mehr zu verlieren: das Ferienhaus am Lago Maggiore. Das Zeitungsabo, das gemeinsame Investment bei der Bank. Die gemeinsame Katze, die edle Couchgarnitur und die Hälfte der Plattensammlung. Wie, bitte schön, soll man die fünfhundert Schallplatten teilen? Sie haben sie doch zusammen angeschafft, manche sind Raritäten Eine LP von Miles Davis, handsigniert! „Unbezahlbar", sagt er.

„Verzeih", sagt er. Er schaut mich an mit dem Blick aus seinen warmen Augen. Und ich vergebe ihm sofort. Er sieht mich, nur mich. Unsere Zeit ist so kostbar. Wir sind im Jetzt. Einfach nur da. Wenn wir merken, wir sprechen von E–F, von Scheidungsplänen, Alltagssorgen, holen wir uns gegenseitig zurück.

Wir wollen uns, nur uns, ganz pur. Wir lieben uns.

Wir wissen alles voneinander. Ich weiß alles von seiner Tochter, welche Schuhgröße sie hat, wie ihre Noten in Mathe sind, welche Musik sie hört, wann sie ins Handballtraining geht. Er weiß alles von mir, wann ich Musik unterrichte, wann ich zu Hause probe, wann ich auftrete, wann und wohin ich jogge. Fußpflege. Friseur, Frauenarzt. Es gibt nur uns! Seine Frau existiert nicht. Und wenn E–F im Gespräch auftaucht, dann macht es mich traurig. Schnell vertreibe ich die Gedanken.

Doch wenn er fort ist, hängen seine Worte mir nach.

Dann verliere ich alles.

Nein, eigentlich gewinnt er etwas. Mich. Aber mich hat er schon. Ganz. Mit Herz, Seele und Körper. Ich bin bereit, mit ihm mitzugehen. Und er? Kommt er eines Tages ganz zu mir? Oder ist der Verlust zu groß? Wenn es rauskommt

Wenn es rauskommt.

Ich will nur was Unverbindliches mit Chris. Doch warum nur fühle ich mich an ihn so gebunden? Es ist einfach zu stark. Zu stark.

Stella

Am nächsten Morgen stand ich wieder in meinem Atelier. Seufzend machte ich mich an meine Auftragsarbeit. Sie sollte beendet werden, und ich musste meine Rechnungen bezahlen. Eine leichte Arbeit, ich sollte das Porträt eines Mädchens malen. Das Geschenk eines Vaters an seine Tochter zum Geburtstag. Familie Kaminski, na ja, warum nicht? Sie zahlen gut. Ich hatte den Auftrag nach der Ausstellung bei Miranda erhalten und war dafür so dankbar. Der Mann war nett gewesen. Christian oder so. Die Tochter sah ihm nicht ähnlich.

Eine Arbeit, bei der ich mich nicht ständig mit meiner Unzufriedenheit auseinandersetzen musste, dass ich den Farbton von Franks Augen nicht traf ... Und triffst du nur das Zauberwort, spukte es in meinem Kopf herum, eine Zeile aus einem Gedicht von Eichendorff, das Ella irgendwann einmal rezitiert hatte. Jetzt kam die Gedichtzeile mir in den Sinn. Und triffst du nur den Zauberfarbton ... Doch eins wusste ich, Frank wollte ich wieder treffen. Ich würde ihn malen. Er hatte zugesagt, mir Modell zu stehen.

Ein paar Tage später öffnete ich ihm meine Tür, als würde ich das jeden Tag tun. Als er sich vorbeugte, um mich kurz zu umarmen, schlug mein Herz wie wild. Das, was ich gerade gespürt hatte – diese Wärme, die in mich überzufließen drohte, als sei mein Herz ein Springbrunnen –, darin wollte ich baden.

„Hey, Stella."

„Schön, dass du gekommen bist", sagte ich und bat ihn herein. Ich trug enge Jeans und darüber ein weißes farbverkleckstes Männerhemd. Ich wollte ihn malen, dafür war er hier, für nichts anderes. Dabei hätte ich ihn sofort geküsst. Wie lange ich von dem Augenblick geträumt hatte ... der Augenblick, da er vor meiner Tür stand. Ich sah ihn, er sah mich, wir sahen uns. Keine Worte nötig. Ich hatte schon davon geträumt, bevor ich ihn kannte. Es fühlte sich an, als hätte ich mein ganzes Leben lang auf diesen Moment gewartet, in dem meine Seele ihm die Tür öffnete.

Er nahm auf einem Hocker in meinem Studio Platz. Ich schenkte ihm Tee ein. Auch für mich – Kräutertee, um mein wild davongaloppierendes Herz zu beruhigen. Ein ganz feines Lüftchen prickelte auf meiner Haut, als ich ihm die Teetasse reichte. Er nahm sie, stellte sie aber auf dem Tischchen neben sich ab.

Sein Blick knisterte über meine Haut. Das elektrische Feld flirrte wieder zwischen uns hin und her, hin und her wie zwischen zwei Strommasten. Ich zog mir meinen Arbeitsstuhl heran, drehte ihn und setzte mich so, dass die Lehne zwischen uns war. Endlich hatte ich ihn vor meinem Block, und mein Verlangen fand einen Weg nach draußen, floss aus mir heraus. Endlich konnte ich ihn skizzieren. Mit schnellen, flüssigen Strichen zeichnete ich sein Gesicht.

„Heb dein Kinn ein wenig an." Erregung hatte mich ergriffen, sobald ich mit dem Stift übers Papier glitt, wie ein Liebhaber mit der Hand über die Haut seiner Geliebten.

Seiner Geliebten.

Die erste Skizze riss ich vom Block, legte sie auf den Tisch und machte mich über eine weitere her. Seine Augen, sein Blick, die leichten Schatten darunter, alles nahm auf dem Papier Gestalt an.

Frank war ein geduldiges Modell, und er hielt still, ohne dabei starr zu werden oder Fragen zu stellen. Doch umso mehr Leben lag in seinen Augen. Die fertige Skizze ließ ich zu Boden gleiten wie ein Kleidungsstück.

Ich erhob mich und ging langsam auf ihn zu. Glaubte, er müsse bemerken, wie flatterig ich auf ihn zuwankte. Doch er saß da mit diesem coolen Blick, den ich nicht deuten konnte, seine grünen Augen erhellten mein winziges Studio wie Nordlichter. Nur an dem unregelmäßigen Rhythmus, mit dem sich seine Brust hob und senkte, sah ich, dass es ihm genauso gehen musste wie mir.

„Zieh dein T-Shirt aus", sagte ich mit rauer Stimme. Ohne ein weiteres Wort zu verlieren, tat er es. Mir stockte der Atem, als ich seine nackte Brust sah. Die Schultern so breit, helle Brusthaare, fast golden schimmerten sie. Mit aller Kraft stemmte ich mich gegen das Verlangen, ihn zu berühren. Je grösser der Kampf, desto größer die Anziehung, hatte Stella einmal zu mir gesagt. Allein der Gedanke fühlte sich an wie ein Feuerwerkskörper, der in meinem Inneren gezündet wurde.

Ich bat ihn, sich umzudrehen, sodass ich seinen Rücken zeichnen konnte. Frank setzte sich rücklings auf den Stuhl, so wie ich mich vorhin.

Ich zog meinen Holzhocker heran, sein Rücken war so nah, so nah vor mir, und ich entdeckte eine längliche Narbe, wie ein See eingezeichnet in einer Landkarte. Und zwei Leberflecken unterhalb der Schulterblätter.

Er stützte seinen Kopf auf den Armen ab.

„Woher hast du die Narbe?", fragte ich.

„Von einem Fahrradunfall als Jugendlicher. Ich fuhr wie wild mit Mountainbike Hänge hinab, vollführte Sprünge, es war lebensgefährlich." Er lachte.

„Du warst wild drauf?"

„Ja, total."

Ich zeichnete seinen Rücken mit verschiedenen Schattierungen, die Schulterblätter, die Einbuchtung seiner Wirbelsäule, die Täler und Hügel seines breiten Rückens. Ich war froh, dass er mir etwas aus seiner Jugend erzählte, denn während er erzählte, beruhigte ich mich etwas.

Der Stapel an Skizzen wuchs und wuchs, ich musste meine Finger beschäftigt halten. Ich wollte die ganze Nacht so sitzen und ihn skizzieren, während er von seiner Kindheit und Jugend erzählte. Ich zeichnete die Linie seiner Taille nach. So perfekt. Ich spürte, dass er sich öffnete wie eine Lotusblüte, Stück für Stück, das war so gut. Er erzählte immer mehr von sich. Ich beobachtete, wie seine Augenbrauen manchmal in die Höhe zuckten, wenn er sprach und sein Blick dabei den meinen suchte. Er fand mich. Ich legte die letzte Zeichnung auf den Stapel und spürte, wie er neben mich trat. Ich sah ihn an. Frank hatte sein T-Shirt in der Hand. Er stand wieder so nah, ich konnte seinen klaren Duft einatmen. Irgendwie warm und sinnlich. Ich sah winzige Sommersprossen auf seinen nackten Armen. Helle Härchen, zarter Flaum. Nur eine Berührung, nur eine Berührung, und ich zerfließe wie Aquarellfarbe auf dem Papier. Ich konnte nicht anders, meine Hand fand den Weg auf seine

Brust und landete dort wie ein kleines Vögelchen, das sich verirrt hatte und jetzt den Weg nach Hause fand. Ich spürte sein Herz tanzen unter seiner Haut, die ganz warm war. Seine Pupillen weiteten sich.

Er keuchte. „Ich muss gehen. Es ist schon spät", stieß er hervor.

Ich zog meine Hand zurück, als hätte ich einen Stromschlag bekommen. Er zog sich sein T-Shirt über, schnappte sich seine Jacke. Und ich sah zu, wie er aus meinem Arbeitszimmer ging und die tausend Skizzen und mein heißes Herz zurückließ.

Ich stand wieder in meinem Atelier. Vor einem Stapel Zeichnungen. Wenn ich ihn nicht berühren durfte, wenn ich ihn nicht so spüren durfte, wie jede Faser in mir es verlangte, dann wollte ich ihn wenigstens malen. Ich bereitete Leinwände vor, großflächige Leinwände. Hier konnte und durfte ich alles ausbreiten, meine ganzen Gefühle in all ihren Schattierungen. Und seinen Rücken. Franks Rücken und Brust. Diese Brust, die so schön war. Jeden Muskel wollte ich zeichnen, wollte ihn mit meinem Pinsel und meinen Händen berühren. Die Schultern, den Bauchnabel, hinunter bis zu seinem Penis. Penis? Ja. Ich stellte ihn mir vor, während ich mich an seiner Brust abarbeitete, jeden Muskel, jedes Härchen, jeden Leberfleck auf Leinwand bannte. Lebendig entstand sein Körper vor mir. Die Farben ließ ich erst mal weg. Zu frustrierend war es gewesen, dass ich den Ton nicht hatte treffen können. Aber figürlich, o ja. So berührte ich ihn, so war er mir nah. Seine Präsenz hing noch im Raum, ich spürte ihn unter mir atmen. Ich vertiefte mich in seine Haut. Unter seine Haut, das war es. In ihn hineinkriechen. Dieses Gefühl, das alles stimmig war zwischen uns, obwohl es da diese Hindernisse gab. Ja, ich wusste, es war eine Liebe, die nicht sein durfte, nicht gut, nicht richtig, nicht gesund. Aber in der Kunst ist alles möglich, so hatte ich es auf der Akademie gelernt. Die Kunst darf sich ausdehnen über Grenzen hinweg, in eine Dimension der Fantasie hinein, in der wie in einem Zaubergarten alles sein darf. Was mochte ich an ihm? Alles! Warum er? Weil er alles war, wonach meine Seele, mein Herz und mein Körper verlangte – und meine Hände, die erschaffen und gestalten wollten.

Ich malte, wie ich mit ihm schlafen wollte: bis zur Besinnungslosigkeit. Bis ich im Morgengrauen erschöpft ins Bett fiel und einschlief. Ich spürte ihn im Traum, sah seine Gestalt. Er war da. Frank. Er sehnte sich genauso nach mir wie ich mich nach ihm. Hatte ich das gespürt, oder bildete ich es mir ein? Nein, wir sind doch beide sensibel. Das elektrische Feld ... Das kann man nicht wegdiskutieren.

Als ich erwachte, machte ich mir Kaffee und Toast mit Honig, den ich im Stehen aß. Dann arbeitete ich weiter. Grenzenlos inspiriert und erregt war ich. Eine Erregung im Kopf, so etwas hatte ich noch nie gespürt. Nicht nur im Körper, sondern auch im Geist erregt sein. Ohne Gier, es war ein Schwingen, ein Schwirren in mir, in meinem Kopf, in meinem Herzen und auch im Schoss. Und das großflächige Bild wuchs und wuchs, trieb seine Blüten, bis ich am Abend endlich den letzten Strich tat und mich erschöpft abwandte von Frank. Von ihm. Ich kam zurück auf die Erde und schloss die Tür von meinem Studio, um zu duschen und einen klaren Kopf zu bekommen.

Und dann: nichts mehr. Meine Leinwände und Skizzenblöcke waren voll, und ich fühlte mich leer. Keine Nachricht, kein Anruf. Tage vergingen, und ich blieb mit meinen Bildern von ihm zurück. Sie lagen verstreut im Atelier herum, in dem ich nutzlos am PC saß oder versuchte, meiner Kommissionsarbeit nachzukommen. Doch alles fühlte sich fad an.

Ich wusste, was in ihm vorging. Wir waren kurz davor gewesen, uns zu küssen; er flüchtete. Ja, das war richtig so. Das war es. Er hatte sich besonnen, und ich blieb zurück. Es war vernünftig. Charakterstärke. Er hatte mich ein wenig beschämt. „Du musst jetzt für uns beide denken", sagt Ingrid Bergman zu Humphrey Bogart, in *Casablanca* ... Das hatte er getan.

So war ich wieder für mich und mit meinem Leben beschäftigt, in dem ich Bilder malte und Ausstellungen plante, mich für Stipendien bewarb. Das war es, mein Leben als Künstlerin. Hatte ich es mir so vorgestellt?

Na ja, eigentlich hatte ich es mir größer vorgestellt: Ich arbeitete in einem Loft. Ich hatte mehr Platz und mehr Ausstellungen. Von allem mehr: Inspiration, Kreativität, Aufträge, Arbeit und einen Mann. Einen Mann, der stark genug war, an meiner Seite zu sein. Der mich begleitete, unterstützte, bei meinen Vernissagen dabei war. Den ich begleiten und unterstützen durfte. Solch einen Mann. Hatte es ihn jemals gegeben in meinem Leben?

Das war immer mein Traum gewesen, ein Mann, der auch kreativ war. Und der bei mir blieb. Doch Frank sollte bei seiner Familie bleiben, seiner Frau und Tochter.

Da war sie, die Wahrheit, die ihn von mir weggetrieben hatte. Er musste es gespürt haben, in dem Moment meiner Berührung. Wohin er gehörte. Charakterstärke.

Ich schaute auf mein Handy. Nichts. Trübsinnig schlich ich mit diesen Gedanken zu Ella.

Meine Freundin machte ernst. Vor ihr auf dem Tisch lag ein erstes Manuskript zu ihrem Bühnenstück über die Geliebte.

„Ich habe es fertig geschrieben. Mein neues Bühnenprogramm", eröffnete sie mir voller Stolz. „Es heißt *Ansichten einer Geliebten.*"

Ich wusste nicht, was ich sagen sollte. Also setzte ich mich und hörte mir einen weiteren Auszug an. Was zwischen Frank und mir passiert war, wollte ich zunächst für mich behalten.

„Was ist eigentlich mit seiner Frau?", fragte Ella mich, als sie mit dem Lesen geendet hatte.

„Was soll mit ihr sein?"

„Na, wie ist sie so?"

Ich zuckte die Schultern. Seine Frau. Ich wusste, dass sie Ärztin ist. Dass sie sich schon lange kennen. Aus der Schule. Er wollte vielleicht auch studieren oder sollte es – Medizin. Und nun? Sind sie nicht mehr auf Augenhöhe? Ist sie erfolgreicher als er? Damit wollte ich mich nicht beschäftigen, denn es war seine Ehe.

„Versprich mir, dass du zu meiner Premiere kommst", sagte meine Freundin in meine Gedanken hinein.

„Ja, natürlich komme ich."

„Vielleicht sogar mit Frank." Sie zwinkerte mir zu.

„Ach, nein. Er ... er war bei mir neulich ..." Dann erzählte ich es ihr doch. Und Ella hörte mir einfach nur zu, bewertete nicht.

„Lass es geschehen, Liebes."

„Es ist so seltsam. Wir haben uns ein paar Mal gesehen, und doch fühlt es sich so an, als würden wir uns länger kennen. Sind uns so unglaublich vertraut. Immer wenn wir uns sehen, dann passt kein Blatt Papier mehr zwischen uns ... zwischen unsere Seelen. Also körperlich, da soll nichts geschehen."

„Ach, Stella, und wenn? Wer verurteilt dich? Wenn es Liebe ist?"

„Wenn es Liebe ist. Ja." Lass die Liebe urteilen, fügte ich in Gedanken dazu. Lass die Liebe urteilen.

Ansichten einer Geliebten

Ella

(Erscheint barfuß in einem Rupfensack, sie sieht aus wie eine Bettlerin und beginnt, langsam sich wiegend, den Monolog.)

Ich bin's, die einsame Geliebte.

Was hält seine Frau in deinen Händen? Ihre Ehe. Vielleicht trennt sie sich ja von ihm, sagt mir eine Freundin. Ihr kennt sie, die mitfühlenden Freundinnen, die dir das sagen, was du hören willst, auch wenn sie es selbst nicht glauben.

Vielleicht ist sie ja genauso unglücklich wie er. Sagt sie.

Doch nein, sie hält an der Ehe fest. Liegt sie noch in ihren Händen, oder ist sie ihr längst entglitten wie ein Tischtuch mit feinem Porzellan, es rutscht, weil der Tisch wackelt und schief steht, doch sie hält an dem Tischtuch fest. Sie bringt die Dinge in Ordnung, das Besteck, die Teller aus weißem Porzellan. Gleich gibt es Essen. Doch essen sie schon lange nicht mehr an einem Tisch. Es ist ein Kommen und Gehen, ein

Sehen im Vorübergehen, und ist es noch ein gegenseitiges Verstehen? Gewohnheit, Frühstücken getrennt, Abendessen immer mit der Tochter. Selten nur zu zweit. Dazwischen Alltag. So sagt er, so möchte ich es glauben, so bestärkt es die Freundin.

Seine Frau hat ihn sicher. Klar: Er trägt Sprudelkisten in den Keller, er ist auf Familienfesten an ihrer Seite, den Familienurlaub haben sie geplant. Sie hat Ansprüche auf ihn, die ich nicht habe. So war das auch schon früher mit den Geliebten: Sie bekamen Häuser, manchmal Paläste, doch Rechte hatten sie keine.

Was hat sie, was ich nicht habe? Die alte Frage. Sie hat ihn geheiratet und ist seine Frau. Punkt. O nein, ich denke nicht, dass sie gar nichts weiß. Im Stillen hofft sie vielleicht auf mein Ende. Sie weiß, dass er sie nicht verlassen wird, sie kennt ihn. Er wird nicht gehen, dafür ist er zu pflichtbewusst. Einer von zehn Männern verlässt seine Ehefrau für die Geliebte – weiß die Statistik. Aber mein Herz weiß, dass ich den einen unter den zehn habe. Das sagt auch die Freundin. Ich brauche Gewissheit.

Wer ist seine Frau? Sieht man ihr irgendwie die Unzufriedenheit an? Ich suche Zeichen, jeder sucht Zeichen. Ich recherchiere, finde sie, vereinbare einen Termin. Mit ihr. E–F.

VBW–Versicherungen, Katharina Kaminski steht auf dem Messingschild neben der Tür.

Ich betrete ein Vorzimmer und melde mich an: Elisabeth Ahrens. Geliebte Ihres Mannes. Das sage ich natürlich nicht. Ich bin hier, weil ich keine private Altersvorsorge habe. Und das braucht man doch, nicht wahr? Gerade als Künstlerin. Altersarmut: um Himmels willen! Sicherheit – hab ich viel zu lange ignoriert. Ich brauche Sicherheit. Deshalb bin ich hier. Doch diese Art Sicherheit hat nichts mit Geld zu tun. Mehr mit Verzweiflung.

Katharina kommt mir entgegen. Lächelnd. Und ich weiß in diesem Moment, warum Chris mit mir zusammen ist:

Sie ist ich, und ich bin sie. Wir könnten Geschwister sein.

Wham – das sitzt: Festzustellen, dass man die zehn Jahre jüngere Ausgabe der Ehefrau ist, ist, vorsichtig gesagt – desillusionierend. Gleiche Haare, gleiche Augen, sogar die Sommersprossen und der Kleidergeschmack – fast identisch.

(Schaut das Publikum direkt an und öffnet die
Hände, um die Frauen im Publikum zu umfassen.)
Geliebte da draußen: Wenn ihr mal mit der Idee spielt, tut es nicht. Bleibt in der Liebesblase – außerhalb bekommt man Schnupfen. Der zweite Schock lauert schon. Das Bild auf dem Schreibtisch von E–F. Das Familienbild mit Chris, Katharina und der Tochter – strahlend im gemeinsamen Urlaub.

Und E–F: Sie lächelt wie eine Frau, die alles hat: Liebe, Erfolg, Glück, Gesundheit. Als ich berichte, dass ich von Beruf Sängerin bin, erzählt sie mir, der Sängerin, vom Jazz und der Plattensammlung – und einer handsignierten Miles-Davis-Platte, die sie dem Geliebten geschenkt hat. Eheprobleme? In ihrem Bericht keine Spur davon.

(Ella, im Büßerkittel, ringt die Arme.)

Ich werde innerlich immer kleiner und kleiner. Ich will mich auflösen. Ich spüre Scham und Ekel. Ich ekle mich vor mir selbst und Chris und unseren Versteckspielchen.

Katharina ist ein Engel. Geduldig erklärt sie, mit wie viel Altersvorsorge ich rechnen kann, wenn ich dann fünfundsechzig Jahre alt bin. Ich denke an meine Träume von der großen Bühne und meine Tätigkeit in der örtlichen Musikschule. Was habe ich schon? Weder Haus, noch Kind, noch Altersvorsorge – bis jetzt!

E–F sei Dank.

Beschämender geht es nicht. Armseliger war ich nie. Und doch: Nachdem ich die Versicherungspapiere unterschrieben habe, plaudern wir weiter. Sie mag mich und möchte über Musik reden. Sie findet wahrscheinlich gerade in mir eine Schwester – nicht ahnend, dass ich es bin, die ihren Mann wohl genauso gut kennt wie sie.

Eine Stunde reden wir. Es fällt uns leicht. Müsste schön sein, einmal mit ihr bummeln zu gehen oder in ein Jazzkonzert, denke ich.

Und eine halbe Stunde später denke ich auf einmal: Ich mag sie mehr als ihren Mann. Dieser Gedanke erschreckt mich. Chris wird plötzlich so klein. Er schrumpft zusammen. Vor meinem inneren Auge. Bis er weg ist aus meinen Gedanken. Ich verlasse Katharina. Sie schüttelt mir die Hand. Ich möchte ein Wort sagen, das mir auf der Zunge liegt, schwer wie Blei ist es und verlässt deshalb nicht meinen Mund: Entschuldigung.

Stella

Und dann stand Frank wieder vor meiner Tür und fragte, ob ich Lust auf einen Ausflug hätte. Ich hatte. Er wollte mir etwas zeigen ... den Ort seiner Kindheit.

Ist es nicht so, dass man sich alles voneinander zeigen will, wenn man liebt? Sich mitteilen will, sich teilen will? *Schau, so war das damals, so sah es bei mir aus, bevor du kamst. Jetzt haben wir uns kennengelernt, und alles ist anders. Alles ist anders und doch, woher kommst du, Geliebter, Liebster? Stehst auf einmal wieder vor mir und möchtest mit mir an den Ort deiner Kindheit fahren, in die Berge.*

Also fuhren wir ins Allgäu, nur er und ich in unserer Blase, und sie nahm langsam Gestalt an. Hier auf der Erde – nicht nur im freien Luftraum. Tatsächlich fuhren wir zusammen Richtung Süden. Die Berge in Aussicht. Seine Frau war mit der Tochter zu ihren Eltern gefahren, um eine Auszeit zu nehmen. „Auch von mir", fügte er hinzu. „Unsere Ehe ist längst nicht mehr in Ordnung, und wir sprechen oft von einer Trennung".

„Warum sagst du mir das?", fragte ich.

Sollte mir diese Information Hoffnung bereiten?

„Ich möchte, dass du weißt, dass es mir ernst ist. Dich zu treffen, hat mich verändert. Aufgewühlt. Ich muss es dir sagen. Offen. Ich möchte immer offen mit dir reden."

„Und deine Frau? Bist du auch offen und ehrlich zu ihr?"

Er nickte. „Es stehen Gespräche an. Wir sind Freunde, meine Frau und ich. Wir kennen uns seit der Schulzeit, haben zusammen Medizin studiert, ich brach ab und machte meine Ausbildung als Sanitäter. Sie zog es durch. Wir beide wollten Menschen helfen, das verband uns. Und jetzt verbindet uns nur noch die Pflicht. Und klar, die Freundschaft. Aber ich fühle für sie nicht das, was ich mit dir fühle. Erst du hast mir gezeigt, wie sich mein Herz weiten kann. Ich sage es dir jetzt ganz ehrlich. Du musst nichts erwidern. Ich mag dich."

„Mir geht es genauso." Ich sah ihn nicht an, war froh, dass er fuhr, so fiel es mir leichter, offen zu sprechen. „Schau, es ist nur so, du hast deine Familie. Ich möchte nicht dazwischengeraten, und ich möchte nicht die Geliebte sein ... oder die zweite Geige spielen ..."

„Stella, du bist nicht die Geliebte. Das spürst du doch auch?"

Ich schwieg für einige Kilometer. Was gab es zu sagen? Wir wussten beide, wie wir fühlten. Wir fuhren zusammen weg, wir verbrachten Zeit zusammen, nur das zählte in diesem Moment. Es tat gut zu schweigen, weil ich ihn spürte, seine Nähe wie ein ruhiges Gewässer neben mir. Ich lehnte mich einfach in meinem Sitz zurück und genoss die Landschaft, die an mir vorbeizog. In der Ferne schon die ersten Berge, als wir über Ulm ins Allgäu fuhren.

Er erzählte von seiner Kindheit in einem kleinen Dorf im Allgäu. Mit zwölf Jahren zogen die Eltern dann fort, nach Stuttgart wegen eines Jobs. Ich erzählte von meiner Kindheit im Norden, den Urlauben an der See. Es war mir immer zu kalt, zu grau, zu flach. Das fand ich erst später heraus, als ich in den Süden zog und spürte: Ich mochte Hügel und Berge, Täler und Wälder. „Ich bin kein Nordlicht", sagte ich zu Frank.

Und als wir ankamen, in dem kleinen Ort, umgeben von Hügeln, Bergen, saftigen grünen Almen. Mein Herz war hier, es war schon vor mir hier gewesen.

Würden wir die Landschaft ansehen, Kaffee trinken und wieder nach Hause fahren? Würden wir uns ein Zimmer in einer Pension nehmen und übereinander herfallen?–Frank hatte einen Plan. Wir fuhren in ein Blockhüttchen, das nach Holz duftete. Es gehörte

Frank. Er vermietete es als Ferienwohnung, und es war zurzeit frei. Im Innenraum gab es eine gemütliche Bank mit Tisch, eine Küchenzeile, in einer Ecke stand ein Sofa, das Schlafzimmer hatte ein Doppelbett. Vor der Tür die gigantischen Berge. Irgendwo im Wald rauschte ein Bach.

Wir standen uns in der Hütte gegenüber. Durch die offene Tür wehte eine klare Abendluft, und die untergehende Sonne tauchte alles in goldenes Licht. Ich atmete frei, im Gebirge – freier als in Stuttgart, wie mir schien. Wir waren allein, um uns die Berge, Felsen, Geröll, satte grüne Hänge und ein weiter Himmel über den Gipfeln. Wir blickten uns in die Augen, wie wir es immer taten. Unser Blick – fast schon vertraut. Wieder spürte ich diese Anziehung. Wie konnte ich mit ihm in einem Raum sein und ihn nicht berühren? Also tat ich es. Ging einen Schritt auf ihn zu. Er rührte sich nicht. Er flüchtete aber auch nicht, so wie das letzte Mal. Ich nahm meinen Blick nicht von seinem, er zog mich an sich und strich über meinen Kopf. Jeder Versuch, sich aus dieser Umarmung zu befreien, hätte eine unglaubliche Kraftanstrengung bedeutet. Er hielt mich, als wolle er mich vor der ganzen Welt beschützen, unserer Welt, die hier oben doch so weit weg war. Ich fühlte den warmen Stoff seiner Fleecejacke und seine Hände, die meine Taille umschlossen.

Er sah mich an, und sein Blick war weich und zärtlich. Sachte beugte er sich zu mir, und seine Lippen berührten meine.

Erlösung. Endlich. Ich lehnte mich vor und erwiderte den Kuss. Seine Lippen fühlten sich warm an, und ich spürte, wie ich mich tiefer und tiefer diesem Mund hingab. Ich sagte nichts, als wir uns wieder voneinander gelöst hatten. Er hielt mich weiter in seinen Armen. Vor meinen Augen tanzten orangene und violette Blitze, die ein Farbenfeuer in meinem Bauch entzündeten. Ich zog ihn dichter an mich, meine Hand lag in seinem Nacken. Ich küsste ihn noch einmal. Ich war die Glut, ich war das Feuer, das auch dann noch loderte, als wir langsam unsere Lippen wieder voneinander lösten und uns ansahen. Wortlos nahm Frank meine Hand in seine und zog mich ins Schlafzimmer.

Wir keuchten beide, mir war so heiß. Ich fuhr mit meinen Händen unter sein T-Shirt, endlich seine Brust berühren. Das feine Haar, die harten Muskeln, er fühlte sich so stark an. Drückte mich an sich, umschloss meine Hüfte mit seinen Armen, während er mich weiter küsste und wir Richtung Bett stolperten.

„Das ist mir noch nie passiert", sagte er mit geschlossenen Augen. Wahrscheinlich schämte er sich. Ich mich auch. Wusste nicht, was ich sagen sollte, außer:

„Vielleicht ist es besser so. Wir wollten es sowieso nicht tun, wir sollten es nicht tun."

Durch seine Hose hatte ich gefühlt, dass auch er Lust hatte. Doch dann lagen wir nackt aufeinander, und er ... konnte nicht. Zärtlich streichelte ich ihn, seine wunderschöne Brust, während die Verzweiflung ihn verspannte und er schließlich wiederholte: „Das ist mir noch nie passiert."

Was sollte ich denn darauf antworten? Ich fühlte mich doch selbst völlig durch den Wind, hatte mich von ihm fernhalten wollen. War es also doch seine Frau, die er liebte, und er konnte nur mit ihr schlafen? Bei ihr war es ihm anscheinend noch nie passiert.

„Ich begehre dich so sehr", sagte er und sah mich an.

„Ich dich auch." Ich lag auf der Seite und streichelte ihn.

„Das Begehren zieht uns zueinander hin, und dann werde ich weich", flüsterte er.

„Pst." Ich legte die Hand sanft auf seinen Mund. Auch ich fühlte mich verletzlich.

Wir blickten uns in die Augen, und ich sah, wie sich sein Atem etwas beruhigte. Und da war es: Ein Funke, ein Funke des Erkennens flackerte auf, erlosch wieder. Ich legte meine Hand sanft auf seine Wange. Versank tiefer und schaute nach weiteren Funken. Sie tauchten auf wie Sternschnuppen. Je länger wir uns in die Augen blickten, desto mehr und mehr gab es. Desto stärker breitete sich mein Gefühl aus. Ein Gefühl, das an die Grenzen der Sprache stößt. Wenn es eine Farbe hätte, dann wäre es die Farbe, die aus Frank und mir entsteht. Auch er sah mich an. Wandte den Blick nicht ab. Keine Verlegenheit, Angst und Scham mehr. Winzige Berührungen, die große Wellen durch meinen Körper sandten. Seine Hand umfasste die meine warm und sanft und fester werdend. Unser Atem vermischte sich, obwohl wir uns nicht küssten. Verschmelzung ... ich fühlte die Haut seiner Wange unter meinen Fingern und strich darüber, langsam und zärtlich. Es war ein Moment für die Ewigkeit. Alles andere schwieg.

Am nächsten Morgen erwachte ich neben Frank in der Morgendämmerung. Er schlief friedlich neben mir, und ich betrachte seine entspannten Gesichtszüge. Die Augen geschlossen. Ich ließ den Blick über seinen Körper wandern, seine Brust mit dem goldenen Haar, die schmalen Hüften, sein Penis, der sich entspannt an seinen rechten Oberschenkel schmiegte, die muskulösen Beine. Ich dachte an letzte Nacht, und dass wir beinahe miteinander geschlafen hatten. Beinahe. Es war besser so, sagte ich mir. Es ist nichts passiert, und es wird auch nichts passieren, dachte ich, als ich leise aufstand und meine Kleidung vom Boden aufsammelte, mich anzog.

„Was machst du da?"

Ich drehte mich zu Frank um, der verschlafen aussah und mich anblinzelte. „Willst du etwa flüchten?", fragte er.

„Nein, ich ziehe mich nur an." Ich lächelte verlegen und deutete auf mein T-Shirt. Anziehen, sich bedecken, wieder alles aufgreifen.

Er fuhr sich durch die Haare, nickte leicht und stemmte sich aus dem Bett. Mir stockte der Atem, als er nackt auf mich zukam. Er stand vor mir, legte die Hände auf meine Schultern und sah mir in die Augen. So wie gestern Abend. Ich wollte ihn küssen, seine Wärme spüren. Auf einmal fühlte ich seine Kraft, ohne dass ich nach unten schauen musste. Ich sah es in seinem Blick, wie erregt er war. Mein Bauch fühlte sich heiß an, ich spürte, wie es in meinem ganzen Körper zu pochen begann. Ich leckte mir über die Lippen, neigte den Kopf ein wenig, fühlte, dass ich bereit war. Streckte die Hand aus, sah zu ihm, sah seine Kraft, seinen harten Penis, wunderschön stark und groß. Ich stöhnte auf. Frank keuchte, dann löste er sich von mir.

„Ich gehe duschen."

Ich blieb zurück, verwirrt. Das Verlangen war so stark, wie konnte er mich stehen lassen?

Am liebsten wäre ich ihm gefolgt. Ich malte mir mit pochendem Herzen aus, wie ich ihn einseifen würde. Seinen Oberkörper, die Schultern, meine Hände würden sich weiter nach unten arbeiten, während er mich küsste und dann schließlich an die Duschwand presste, wo er langsam in mich eindrang. Immer tiefer und tiefer, während ich keuchte und anfing, vor Lust zu stöhnen.

O Gott. Ich riss die Fenster auf, ging zur Küchenzeile, fand die Kaffeemaschine. Als der Kaffee fertig war, goss ich mir ein und ging mit meiner Tasse vor die Hütte, setzte mich auf die Holzbank an der Wand. Die Sonne war gerade aufgegangen und tauchte alles in magisches Licht. Die Berggipfel hoben sich wie gemalt am Horizont ab. Von der benachbarten Weide, auf der Kühe grasten, drang das Läuten der Kuhglocken zu mir. Saftig grün zogen sich die Hänge nach unten. Im Tal sah ich eine Kirche mit typisch bayrischem Zwiebelturm und einige Häuser des Dorfes. Es war so friedlich. Die frische Bergluft kühlte meinen Kopf, aber nicht mein Herz, das brannte immer noch heiß vor Verlangen. Charakterstärke. Charakterstärke, dachte ich.

Ansichten einer Geliebten
Ella

(Im Scheinwerferspot. Im Hintergrund läuft leise das Lied Lyin' Eyes von den Eagles. Ella immer noch im Büßerkleid; während des Monologs zieht sie jedoch aus einem der Bettkissen, das sie aus dem Hotel mitgebracht hat und im Arm hält, nacheinander ein rotes Kleid und rote Schuhe.)

Das Lied der betrogenen Ehefrau. Kennen wir das nicht alle? Die Nachbarin erzählt von ihrer Freundin, deren Mann sie für eine jüngere verlassen hat: *Kaum war meine Freundin aus dem gemeinsamen Haus ausgezogen, ist sie (dieses Biest, diese Hexe) eingezogen und hat sich in ihr Bett gelegt! In ihr gemeinsames Ehebett! Auf die freie Seite! Das gibt's doch nicht.* Nicken, Unglauben zeigen. *So eine Schlampe. Wie kann sie nur. Die arme Ehefrau.*

Klar fühle ich mich schuldig. Seit ich seine Frau kenne, meide ich meinen Geliebten. Meide seine drängenden Mails, gehe in Sack und Asche. Sehe ihn immer auf dem Familienbild mit Frau und Tochter.

Bis er vor mir steht. Da ist er wieder, der Geliebte, der Vertraute, dem ich um den Hals falle. Er zieht mich ins Auto und ich weiß, wohin wir fahren. Dorthin, wo er später Haare sammeln wird. Im Radio läuft auf einmal *Lyin' Eyes* von den Eagles, während seine Hand auf meinem Oberschenkel liegt. Die Melodie klingt fröhlich. Es geht um ein junges Mädchen, das ihren Mann betrügt. Sie ist das Opfer und die Täterin zugleich, sie ist mit einem älteren Mann verheiratet, und er weiß, dass sie ihn betrügt, sie fährt zur „betrügerischen" Seite der Stadt. Ihre Augen verraten sie, ihre lügenden Blicke. Ich drehe den Text um: Chris fährt in das „betrügerische" Stadtviertel. Er ist der Betrüger. Ich bin die Komplizin. Seine Frau ist das Opfer. Die Schuld ist unendlich groß. Der Schmerz für sie unerträglich. Ich schlage seine Hand von meinem Schenkel. Was hat sie, was ich nicht habe, fragt sich Chris' Frau sicherlich. Vielleicht auch nicht. Sie wirkte ja so zufrieden mit sich.

Chris schaut mich erstaunt an. Ich frage ihn aus heiterem Himmel, ob er noch mit seiner Frau schläft.

Was meint ihr, liebe Frauen, was er antwortet? Natürlich. Ihr habt es neulich erst gehört – beim Anbandeln auf einer Dating-Webseite oder als ihr alleine im Café saßt?

„Ich bin noch verheiratet, doch wir leben wie in einer WG zusammen. Da läuft nichts mehr."

Und ihr Ehemänner, wer hat nicht neulich diesen Satz gesagt, vielleicht nach ein paar Bier: „Bei uns geht nichts mehr. Wir leben wie Brüderchen und Schwesterchen, ätzend ist das."

Und während das über eure Lippen kommt, schielt ihr auf die junge, frische Frau, deren Körper und Blick so viel versprechen.

Ach ja – und dann will er wissen, ob ich mit anderen schlafe. „Ja, natürlich. Natürlich, lieber Chris, gehe ich fremd. Jeden Abend schlafe ich mit einem anderen Musiker aus der Band. Ich brauche doch Abwechslung. Und was glaubst du, warum du die letzten Tage so wenig von mir gehört hast? Das muss doch einen Grund haben – was Chris?"

(Ella grinst übertrieben spöttisch.)

Der betrogene Betrüger – ganz schlechtes Thema. Der Mund wird schmal, das Gesicht bleich, die Fäuste krampfen ums Lenkrad. Belegte Stimme: „Tu mir das nicht an. Sei mir treu. Es ist das Schlimmste, was passieren könnte. Nicht auszudenken."

Das ist die übliche Rhetorik des betrogenen Betrügers.

Was ist schlimmer, ein Ausrutscher oder eine sich hinziehende Affäre mit immer neuen Lügen? *Ich muss länger arbeiten ... ich besuche einen Freund ... warte nicht auf mich mit dem Abendessen ... ich geh noch schnell joggen.*

Er hat das Auto am Seitenstreifen abgestellt. Er atmet tief. Er schaut mich nicht an: Er ist bleich.

(Ella zieht langsam den Büßersack aus und streift sich ebenso langsam das elegante rote Kleid über.)

Er erzählt vom One-Night-Stand seiner Frau, der Salamitaktik. Es war nur ein Abendessen unter Kollegen. Sie haben sich nur geküsst. Dann kam scheibchenweise mehr ans Licht. Sie landeten im Hotelzimmer.

Wie weh das tut. Seine Frau wollte sich wieder begehrt fühlen. Dabei weiß sie, dass Chris ein gebranntes Kind ist: Seine Freundin davor hatte ihn betrogen. Mehrmals.

So verletzlich habe ich Chris noch nie erlebt. Er wirkt sonst immer so cool.

Seine Augen sind feucht. Wie ein Kind möchte ich ihn in den Arm nehmen. Ja, ich bin dir treu. Ich bin anders als deine vorherigen Frauen. Ich bin besser als deine Ehefrau. Ich zeige dir, dass ich dich liebe und auf dich warte. Ich streiche ihm über Kopf und Nacken.

Er sagt, er muss sich da voll und ganz auf mich verlassen können und Gewissheit haben.

O ja, ich bin kein Miststück – es fällt mir leicht, treu zu sein.

„There ain't no way to hide your lyin' eyes", singt der Sänger im Radio.

(Ella zieht langsam die roten Pumps an – wie beiläufig spricht sie weiter.)

Das Lied ist jahrzehntealt. Damals hat man vielleicht noch aus anderen Gründen geheiratet. Ein Mädchen, das einen reichen älteren Mann heiratet, ihn aber betrügt. Frauen müssen sich heute doch nicht mehr durch einen Mann finanziell absichern. *Aber sie wollen begehrt werden. Katharina will begehrt werden. Dann muss es stimmen, was Chris sagt – er begehrt sie nicht mehr.*

Hört ihr das Lied? *Lügende Augen. Betrügerische Seite der Stadt.* Nicht meine Seite, nicht das Künstlerkiez. Auf ihrer Seite sollte ein Schild stehen – im gutbürgerlichen Gutbürgerviertel: *Achtung, Ehegatte und Betrügerin unterwegs.*

Chris denkt nicht mehr an das Thema Betrug und Treue. Ich habe es ihm versprochen, damit ist es wohl erledigt. Er fragt mich, was ich am Wochenende mache. Seine Frau geht auf einen Wellness-Trip mit Freundinnen. Mit Freundinnen!

Dass ich nicht lache. Sie sind beide gleich. Sie lieben sich nicht. Er will einen Wochenendausflug! Katharina und ich tauschen die Rollen.

(Das Lied im Radio ist zu Ende.)

Stella

Wir hatten gefrühstückt: Kaffee und Zwieback mit Marmelade, mehr gaben die Küchenschränke nicht her. Jeder hatte wortkarg in sein Getränk gestarrt. Dann packten wir zusammen, Frank schloss seine Hütte ab.

„Wollen wir noch eine Wanderung machen, bevor wir wieder fahren?", fragte er.

„Hast du denn Zeit?"

Er nickte. „Ich hab Zeit", bekräftigte er. Also ließen wir das Auto an der Hütte stehen und steuerten einen Wanderweg an.

„Ich kenn mich hier aus, lass mich dich einfach führen", sagte er, und wir marschierten in die Berge. So einfach war das. Aber das Schweigen zwischen uns wog schwer wie Zement. Sollte ich es ansprechen, was geschehen war? Oder lieber schweigen? Es vergessen? Die Berge mit kleinen Schneekuppen, die waldigen Hügel, die Luft. Eine Komposition in Grün, Weiß und Blau. Traumhaft – und dennoch: Wir begehrten uns bis zur Besinnungslosigkeit und waren gleichzeitig so weit voneinander entfernt. Ich warf ihm einen Blick zu und spürte, dass jetzt der falsche Zeitpunkt war, darüber zu reden. Er war verletzlich, starrte nachdenklich vor seine Füße. Auf einmal erfasste es mich, ja, natürlich. Er, auch er kämpfte mit sich, nicht nur ich. Was also tun? Nichts, einfach nur nichts tun und laufen, gehen. Sich die Landschaft ansehen.

Der Weg führte uns an einem plätschernden Gebirgsbach und einer Kapelle vorbei. Weiden zogen sich am Wegesrand dahin, das Läuten der Kuhglocken vermischte sich mit dem Plätschern des Baches. Dann verschwanden die Wiesen, und der Weg stieg an, hellgraue Felsen kamen in Sichtweite. Wir waren die einzigen Wanderer. Die Felsen erinnerten mich an meinen Traum und an das Bild, das ich malte. Gedanklich fotografierte ich sie ab, prägte mir ihre Konturen ein.

„Wusstest du, dass es hier spukt?"

„Was, echt?"

Frank nickte und breitete die Arme aus. „Hier überall und im Dorf, das am Berg auf der anderen Talseite liegt. Spürst du es?", raunte er und lachte.

„Alles, was ich spüre sind meine Beine, weil der Weg noch steiler wird." Ich stimmte in sein Lachen mit ein, das die Spannung zwischen uns löste. Wir machten kurz Halt und tranken einen Schluck Wasser.

„Dann erzähle ich dir jetzt die Geschichte von dem Einsiedler, der hier am Berg lebte."

„Einsiedler?"

Frank schüttelte den Kopf. „Es ist eine traurige Geschichte. Vor langer Zeit, als noch keine Touristen ins Allgäu kamen, lebte ein Mann hier am Berg. Er hatte sich eine Hütte gebaut und hütete Ziegen. Seine Kindheit war unbeschwert gewesen. Die Mutter, eine liebevolle warmherzige Frau, zog Kräuter und Pflanzen in einem Garten neben der Hütte. Man sagte, dass alles, was sie pflanzte, wuchs. Wenn jemand im Dorf krank war, dann kam er zu ihr, und sie versorgte ihn mit Kräuterwickeln oder Tinkturen. Ihr Sohn schaute sich etwas davon ab und lernte, welches Kraut wofür dienlich war. Als die Mutter starb, blieb er in der Hütte. Er wollte nicht hinunter und im Dorf leben, so wie es seine Mutter ihm vorgeschlagen hatte. Also hütete er Ziegen, arbeitete im Garten, lebte hier bis – ja bis er eines Tages doch ins Dorf hinunterging."

Ich lauschte seiner Stimme und betrachte die Umgebung, sie erschien wie ein Kaleidoskop aus Farben und Formen.

Weiße Kalkfelsen zwischen hellgrünem Gras, blaue, violette und gelbe Wildblumen dazwischen. Schmetterlinge und Bienen. Der Wanderweg wurde zu einem schmalen Pfad, und wir gingen hintereinander. Frank erzählte weiter: „Vom Berg aus hatte er eines Sommerabends Gesang gehört, so schön und reiner noch als das Plätschern des Gebirgsbachs, das ihm als Musik diente. Er musste dieses Wesen sehen, das so sang wie ein Engel. Also machte er sich auf ins Dorf.

Und tatsächlich fand er sie, sie sang in der kleinen Kapelle, ganz allein am Altar. Ihr Name war Stella ...“

Ich drehte mich zu ihm um, Frank lachte. „Sie hatte wilde dunkle Locken und braune Augen.“ Ich spürte, wie ich rot wurde und Frank es zu genießen schien, denn sein Grinsen wurde breiter. „Sie war wunderschön.“

„Aber sie hieß nicht Stella“, sagte ich, um von meiner Verlegenheit abzulenken.

„Natürlich nicht. Ich weiß nicht, wie sie hieß, aber sie soll wunderschön gewesen sein. Der Hirte–beobachtete sie und schwärmte für sie, bis er sich eines Tages ein Herz fasste und sie ansprach. Ihm war klar geworden, dass er nicht ewig allein leben wollte. Er wollte eine Frau, und er begehrte sie, die wunderschöne Sängerin. Sie gingen spazieren, er zeigte ihr seine Hütte und den Kräutergarten. Er sagte, es fehle eine Frau.“

„Nicht gerade eine originelle Anmache.“

„Na ja, für die damalige Zeit war diese Anmache, glaube ich, ganz okay.“ Er warf mir einen Blick zu. „Brauchst du eine Pause?“

Ich schüttelte den Kopf. „Erzähl weiter. Was wurde aus den beiden?"

„Nun ja, es ging eine ganze Weile so, und unser Hirte machte sich Gedanken, wie er um ihre Hand anhalten könnte. Doch dann kam ein reicher Kaufmann ins Dorf. Er sah sofort das schönste Mädchen im Ort. Und da er es gewohnt war, Dinge zu bekommen, die er wollte, machte er ihr den Hof. Ihre Eltern waren begeistert, schließlich konnte er mehr bieten als unser Einsiedler. Und sie? Ja, sie ließ sich auf ihn ein. Zwar liebte sie den Ziegenhirten, doch die edlen Kleider, der Schmuck und das Versprechen des reichen Mannes, den Eltern Geld für den Bauernhof zu schenken, wogen mehr als das, was der Hirte ihr bieten konnte: seine Liebe und sein Herz; und ein Leben am Berg. Er war mit dem Berg verwurzelt, sozusagen. Der Kaufmann nicht. Die beiden verlobten sich und zogen irgendwann nach München."

Frank schwieg einen Moment, denn der Wanderpfad wurde steiler, jetzt erreichten wir die Baumgrenze. Geröll und Felsen um uns herum, kleine krumme Tannen, die sich an den Berg klammerten. Der Gipfel lag vor uns.

„Der Ziegenhirte war so geknickt", fuhr Frank schwer atmend fort, „dass er in alten Rezepten seiner Mutter forschte. Es hieß, er braute schreckliche Hexentränke zusammen, deren Gestank bis ins Dorf zog. Ob Gift oder Heilung – man kam nur zu ihm hinauf, wenn man dringenden Bedarf an einem von beiden hatte. Er nahm nie Geld, man zahlte mit Lebensmitteln oder Kleidung. Seit der Kaufmann seine Frau entführt hatte, wollte er von Geld nichts mehr wissen. Ein besonders ekliges Gebräu sollte seinen eigenen Kummer lindern. Das verkaufte er wohl auch an Menschen, die Liebeskummer hatten. Doch er schaffte es wohl nicht, seinen eigenen Liebeskummer zu überwinden. Wenn eine Lawine das Dorf erschütterte, sagte man, er habe sie geschickt. Denn er blieb jedes Mal verschont. Und als er schließlich starb, fand man seine Leiche nie. Er war einfach verschwunden."

Wir kamen an einer Ruine aus Steinen vorbei. Ein paar Holzlatten lagen daneben. Büsche wucherten zwischen den Steinen. Rundum wuchs dunkelblauer Eisenhut.

„Und hier sind die Überreste seiner Hütte", sagte Frank und blieb stehen. Ein leichter Schauer durchfuhr mich.

„Nee, oder? Das hast du doch erfunden?"

Frank sah mich todernst an: „Berühre bloß den Eisenhut nicht", sagte er, „und schau, das hier sind Zirben-Zapfen, aus denen hat er den schrecklichen Schnaps gemacht, den du hier in den Dörfern immer noch kaufen kannst."

Dann grinste er. „Perfekt getimt, oder?"

Ich boxte ihn erleichtert in die Seite.

„Au – ich muss dich ja irgendwie unterhalten auf der langen Wanderung. Und mich von deiner unglaublichen Anziehungskraft ablenken."

Mein Herz pochte heftig, als ich sah, dass seine grünen Augen im Schatten die Farbe der Tannennadeln angenommen hatten. Sein Blick lag auf meinem Gesicht, als wolle er mich streicheln, und ich bekam eine Gänsehaut. Unsere Nähe war wieder da, die Vertrautheit, das Verschmelzen an den Rändern des Bewusstseins. Frank und ich. Nur noch wir.

Irgendwo krächzte eine Dohle, Wind kam auf und wehte mir die Haare aus dem verschwitzten Gesicht.

„Du bist wunderschön, weißt du das?", sagte er.

Ich kam mir auf einmal vor wie eine Frau in einem Gemälde, das ich malte. Alles wurde zu Farben, Magie und verwandelte sich in ein Bild, das für die Ewigkeit geschaffen war. Auch der Vogel, der über uns kreiste, gehörte dazu.

Die Aufregung nahm mit jedem Schritt zu, den Frank näherkam.

Ich wollte ihn berühren, nichts anderes tun, als das. Mit ihm verschmelzen. Seine Lippen fühlten sich warm an, und ich spürte, wie ich tiefer und tiefer in den Kuss sank wie in das Gefühl der Liebe, aus der ein Verlangen erwuchs, das ich spürte, als ich mich an ihn presste und er mich mit seinen Armen noch mehr umschlang.

Ich sagte nichts, als ich aufgehört hatte, ihn zu küssen. Er hielt mich weiter in seinen Armen. Mein Herz klopfte so sehr, dass ich glaubte, es müsste den Berg zum Wanken bringen. Als wir langsam unsere Lippen voneinander lösten, nahm Frank wortlos seine Hand in meine und verschränkte unsere Finger ineinander. So standen wir eine Weile, betrachten die Aussicht über die Allgäuer Bergkette, die sich dunstig blau gegen die gleisende Sonne abzeichnete. Das winzige Dorf im Tal, der Pfad auf dem wir gekommen waren. Ich war glücklich.

Wir sprachen nicht viel auf der Rückfahrt. Aber unsere Hände ließen sich nicht los; auch während er fuhr, hielt er meine Hand. Frank parkte vor meinem Haus, und ich verabschiedete mich. Wollte ihn noch einmal küssen, doch er sagte: „Ich werde das klären, Stella. Glaub mir."

Ich sah ihn irritiert an. Sagte nichts. Was klären ... mit seiner Frau? Daran wollte ich nicht denken, denn der Gedanke machte mich unruhig. Was, wenn es jetzt ernst wird mit uns? Wir verabschiedeten uns mit einem leicht hingeworfenen Kuss, halb verlegen, halb voller Lust. Dann drehte ich mich um, öffnete die Autotür und stieg aus.

Ansichten einer Geliebten

Ella

(Steht mit zerzausten Haaren neben einem schnittigen Auto und nestelt an ihrer Kleidung.)
Oh, hallo, ich muss mich kurz zurechtmachen.

(Knöpft sich die Bluse zu, fährt sich durch die Haare, schaut zum Auto, dann zum Publikum.)
Es sind immer die gleichen Ausreden. Es sind immer die Gleichen, die sie benutzen: die Männer. Wie viele Frauen kennt ihr, die durchgebrannt sind? Frauen ticken anders, wenn sie sich verlieben. Und wie viele Männer?

Ja, seht ihr. Warum sind sie so feige? Verantwortung, darin liegt die Antwort, die Antwort auf die Frage, was zu tun ist.

Wenn du so glücklich mit mir bist, dann verlass doch deine Frau und übernimm die Verantwortung für dein eigenes Glück. Du sagst, du kannst nicht mehr in den Spiegel schauen, weil du sie anlügst. Und immer weiter lügst, auf dein Lügenkonto einzahlst. Noch eine Lüge. Und noch eine. Dafür gibt es keine Zinsen.

Und denkt der Ehebrecher auch nur eine Sekunde daran, dass er seine Geliebte ebenfalls belügt? Mit den gleichen Worten fast. Auch mich – Chris, auch mich! Du weißt es nicht und tust es doch. Du meinst es ja gut, ach, du meinst es ja gut.

Ich weiß, du machst, was geht. Und doch, und doch ...

(Ella flegelt sich auf die Rückbank des SUVs.)

Stellt euch vor: Unser SUV steht auf dem Wanderparkplatz, auf der geräumigen Rückbank liegen wir und hören Musik. Dann erzählt er, dass er in einer Viertelstunde losmuss. Mein Herz krampft sich zusammen, ich kann nicht atmen, ich habe eine dünne Stimme. Ich frage, warum er heute früher gehen muss. Er antwortet, dass seine Frau und er heute zum Geburtstag eines gemeinsamen Freundes eingeladen sind.

Ich schlinge meine Arme um ihn, ziehe ihn zu mir, küsse ihn ab. Er entzieht sich mir, protestiert lachend, dann lässt er es weiter geschehen. Wir knutschen, aber er wird unruhig. Er schielt auf seine Uhr. Er muss gleich los.

Ich will das nicht. Ich schlinge meine Beine um ihn, fasse mit der Hand in seinen Schritt, doch Chris zieht sich weiter zurück.

Ich höre Vorwürfe: „Du bist nicht du ... bist nicht mehr das lockere Mädchen ... du bist eine klammernde Frau ..." O nein, ich bin nicht locker, gar nicht. „Ich will nicht, dass du gehst. Du gehörst doch zu mir".

(Ella hat die letzten Sätze geschrien. Anschließend ist sie still, dann flüstert sie.)

Chris schafft es nicht, mich zu beruhigen. Ich schaffe es auch nicht, mich zu beruhigen, als ich schließlich nach Hause fahre.

O nein – ich bin nicht locker: Die coole Geliebte versucht, sich selbst zu verstehen, kann es aber nicht verstehen. Es war doch alles in Ordnung, ich hatte die Zügel in der Hand. Er liebt sie nicht. Er geht nur nicht, weil ... ja, warum eigentlich?

Ich habe einen Traum von einem gemeinsamen Sonntag: Frühstück im Bett, Liebe machen, spazieren gehen, zusammen kochen, zusammen Rosen schneiden, zusammen Musik hören, zusammen einschlafen ... Der Einblick in sein Zuhause hat Spuren hinterlassen.

Ich will Chris so, wie sie ihn hat.

Ja, Moment mal, sagt meine Freundin, du hast es doch so gewollt. Diese Affäre, weil sie unverbindlich ist und du frei sein kannst, nicht wahr? Weil es keine Zwänge oder Verpflichtungen gibt. Du wusstest, worauf du dich einlässt. Doch du leidest, weil du ahnst, dass es kein Du oder Sie gibt.

Er will uns beide: die Mutter seines Kindes, das Haus, die Idylle, die Nachbarn, gemeinsame Freunde und Urlaube in Italien. Und mich: die Träumereien mit mir, die Leidenschaft, die Romantik, wenn wir am Tisch sitzen mit Kerzenlicht oder so wie jetzt, die heimlichen Treffen, voller Aufregung und Spannung. Jeder Abschied ist ein Tod. Ich weiß nicht, wann wir uns wiedersehen. Ich bin traurig, dann kommt die Hoffnung, endlich das Treffen, das Glück bis zur Erschöpfung. Dann der Abschied und der Kreislauf beginnt von vorne.

(Ella steigt aus und stellt sich neben den Wagen.)

Und er? Er kann seinen Akku mit Alltag aufladen, bis er wieder Lust auf Abenteuer verspürt. Eine bequeme Situation.

(Sie schlägt die Fahrertür mit lautem Knall zu.)

Stella

Ich entschied, mich erst mal nicht mehr bei Frank zu melden, ihm Zeit zu geben. Ich hatte die Idee, mir selbst eine Ausstellung zu organisieren. Seit Langem schon wartete ich auf eine Einladung, auf eine Antwort für eine meiner Bewerbungen um ein Stipendium oder eine Art-Residence. Nichts, seit Wochen, Monaten. Da stand ich nun in meinem Studio mit einer Idee und rief Miranda an, die Leiterin der Kleinen Galerie im Westen. Sie war sofort begeistert und sagte zu, nannte mir einige Termine. So einfach war das also. Gut, es war die *Kleine Galerie* und nicht die *Staatsgalerie*, aber es wäre schließlich meine Ausstellung. Ich hatte es in der Hand und musste nicht warten. Das fiel mir ohnehin schwer, aber wer wartet schon gerne? Ich hatte die Verantwortung für meine künstlerische Karriere übernommen und folgte der Frage: Stella, was willst du?

Und dann fing die Arbeit an. Doch Frank war überall, ich konnte ihn weder aus meinem Studio verbannen, noch aus meinen Gedanken, also beschloss ich, ihn zu einem Teil meiner Ausstellung zu machen.

Die Traurigkeit auf den Innenwänden meiner Seele floss über auf die Bilder an den Wänden meines Studios. Das gefiel mir. Künstlermelancholie. So konnte es bleiben, ich wollte nichts anderes tun. Ich wollte nicht handeln. Ich malte, ich zeichnete. Es waren Ferien, ich musste nicht unterrichten. Ich konnte auf die Leinwand fließen, ich, Stella, frei in Farbe, frei auf Leinwand und Papier. Meine Gefühle, mein Wesen, meine Fantasie, alles von mir.

Ich fühlte ihn ganz nah und tat immer noch nichts. Ich wusste, ich sollte mich melden. Fragen, was es damit auf sich hatte: „Ich werde es klären." Vielleicht im nächsten Leben, das war der schöne Spruch. Vielleicht sind wir im nächsten Leben ein Paar. Doch heute, hier und jetzt, nein. Wie kann man Seelen halten, die frei schweben wollen, sich suchen und verschmelzen? Licht und Schatten sollten verschmelzen. Ich war nicht die Schattenfrau aus Ellas Theaterstück. Sie hatte mir vorgelesen, ich hatte geantwortet. Ich wollte Frank nichts beweisen, nicht etwas darstellen. Nicht für ihn, wenn dann mit ihm. Das hatte ich gespürt auf unserer Wanderung.

Und dann schickte er dieses Mail, in dem er in Reimform unsere erste Begegnung skizziert hatte. Es war ein Liebesgedicht über einen Engel, der sich den Flügel gebrochen hatte. Ich las es zwölfmal hintereinander und dann in halbstündigem Abstand erneut. Gefolgt wurde die E-Mail von einem harmlosen „Und? Was machst du so?"

„Ich male ...", war meine Antwort, gefolgt von einem „... dich ..."

Und so schickte ich ihm eines der Bilder, das aus den Skizzen des ersten Atelierbesuches entstanden war.

Da hatte ich den kreativen Partner, von dem ich immer geträumt hatte. Jemanden, mit dem man sich bestens auf künstlerischen Ebenen versteht, ohne komplizierte Beziehungsfragen klären zu müssen. Viel besser als ein Geliebter.

Das ging gut. Wir kommentierten gegenseitig unsere Werke.

Ich brachte Licht in mein eigenes Dunkel, indem ich malte. Lichtvoll. Kraftvoll. Allein. Ich hatte mich befreit, so dachte ich. Oder war ich doch längst die Geliebte in Stand-by-Modus und wartete nur darauf, das sechste Gebot endlich zu brechen? Zu ehebrechen?

Immer wieder ertappte ich mich in Gedanken bei der Frage: Würde er es klären.

Fühlte ich mich unruhig, klopfte ich an die Tür meiner Freundin Ella zu einem Glas Wein und einem

Gespräch. Zuwendung. Was eigentlich gab es zu klären? Ich wusste nicht viel über ihn, und doch mochte
ich ihn sehr. Und er mich auch. Ach, zum Teufel!

Ansichten einer Geliebten

Ella

(Von hinten grell angestrahlt, von vorne ist sie ein Schattenriss. Man kann nicht erkennen, ob sie etwas anhat oder ob sie doch nackt ist.)

Wäre es nicht schön, in einer Welt zu leben, in der man Beziehungen so gestaltet, dass es gar keinen Betrug mehr gibt? Man spricht alles offen aus. Jede Abhängigkeit ist verschwunden. Wenn sich einer in einen anderen verliebt, dann sagt man es. Transparenz. Wäre das nicht schön?

Keine Lügen mehr. Gespräche über alles: Sehnsüchte, Träume, Wünsche, Gedanken. Alles wird besprochen, unmittelbar. Freilich – die Zahl der Bücher und der Hollywoodfilme würde stark sinken – denn die meisten fußen ja auf dem Prinzip der Lüge und der Verschleierung.

Dabei wäre es doch einfach: schwierige Dinge aussprechen. Ohne zu beleidigen, ohne Vorwurf:

„Liebling, ich glaube, ich begehre dich nicht mehr so – wie geht es dir?

Ich muss es dir sagen, ich stehe nicht nur auf Männer.

Schatz, ich glaube, ich habe mich ein bisschen verknallt.

Ella, Ich werde mich nie von meiner Frau trennen.

Der Käsekuchen, den du seit zehn Jahren bäckst, der schmeckt mir gar nicht."

Aber wie die Sache steht, essen eben die meisten den Käsekuchen, bis sie ins Gras beißen.

Feigheit statt Mut, Angst vor Vertrauen. Des Kaisers neue Kleider. Wer spricht schon aus, dass der Kaiser nackt ist – wenn er nackt ist.

Stella

Ich kam mir vor wie der letzte Single, als ich in den Gängen des Supermarkts immer mal wieder Paaren mit Einkaufswagen auswich. Ich brauchte keinen Einkaufswagen für die drei Packungen Salz, die ich kaufen wollte. Ich erinnerte mich daran, dass ich eine unabhängige Künstlerin war, am Samstag in einem Supermarkt. Jawohl – ich kaufte Salz für meine Kunstwerke. Schon fühlte ich mich besser. Ich mied den Supermarkt, auf dessen Parkplatz ich meinen Unfall gehabt und Frank getroffen hatte, um den stetigen Gedankenfluss an ihn zu unterbrechen. Ich griff mir drei Pakete Salz und lief durch einen Gang, und dann zwischen Zucker und Mehl sah ich Frank, er stand in der Backwarenabteilung. Schnell bog ich ab und versteckte mich hinter einem Werbebanner und der dazugehörigen Aktion: *Schokolade für 1,99*. Beobachtete ihn von der sicheren Seite aus, während ich das Salz in meinen Händen fest an mich presste. Sein Rücken unter einem blauen T-Shirt. Franks Hinterkopf, seine Arme. Sein Oberkörper, wie an jenem Abend, als ich ihn gezeichnet hatte. Sofort tauchten Bilder vor meinem inneren Auge auf. Franks Haut, die ich glaubte zu fühlen, während ich ihn zeichnete; seine Stimme, die Geschichten aus seiner Jugend erzählte.

Doch Franks Jugend lag so fern wie der Abend, als er bei mir war. Nun sah ich, wie ein Mädchen an seiner Seite auftauchte, sie legte eine Packung Eier in den Einkaufswagen. Ich wusste sofort, dass es seine Tochter war, sie hatte die gleichen grünen Augen wie er und dunkelbraunes Haar. Vater und Tochter suchten Backzutaten aus. Wollten einen Kuchen zusammen backen. Vielleicht für den Geburtstag der Mutter?

Frank und seine Tochter redeten miteinander, ich konnte nicht verstehen, was sie sagten. Doch sie wirkten so vertraut. Wenn sie wüsste, dass ihr Vater die Familie verlassen wollte, was würde sie sagen? Jetzt lachten sie gerade auf, als eine Frau mit einem Blumenstrauß zu ihnen trat. Natürlich, das musste seine Frau sein, die Ärztin. Das Gesicht der Tochter wurde sofort ausdruckslos. Ein Elternteil ist immer der Feind, das kannte ich aus meiner Pubertät. Papas Mädchen, das sah ich sofort. Doch was würde sie sagen, wenn sie wüsste, dass der Papa sie belog? Dass er sich überlegte, die Familie zu verlassen?

Wie die beiden beieinander standen, die gleiche leicht schiefe Kopfhaltung! Irgendeine Feier musste anstehen. Ich beobachtete seine Frau, sie wirkte sportlich, schlank, trug weiße Turnschuhe, eine grüne Jacke, die blonden Haare zu einem Pferdeschwanz zusammengebunden. Ein Paar wie aus einer Margarinewerbung. Sie berieten sich vor den Backzutaten. Es würde sich alles ändern für diese zwei, wenn Frank sich trennte. Wollte ich das? Seine Tochter würde mich hassen, seine Frau würde mich hassen, ich hatte ihnen den Mann und Familienvater geraubt. Ich würde dazwischen geraten. Ohne mich konnte alles so bleiben, wie es war. Eine stabile Familie. Wenn er sich trennte, dann würde seine Tochter vielleicht nie wieder mit ihm sprechen. Es würde ihn zerbrechen. Ich sah doch, wie er sie liebte, sich ihr widmete, gar nicht mehr wahrnahm, was um ihn herum geschah. Frank.

Frank, der noch vor zwei Tagen neben mir geschlafen hatte. Nackt. Auf einmal sah ich ihn nicht mehr, er war ein paar Schritte nach vorne zum Rumaroma gegangen. Ohne nachzudenken, streckte ich den Kopf etwas nach vorne. Mir wurde erst bewusst, dass ich meine Deckung verlassen hatte, als sich unsere Blicke trafen. Vor Schreck ließ ich das Salz fallen, das mit einem dumpfen Knall auf dem Boden aufschlug. Ein Salzmeer ergoss sich zu meinen Füßen. Alle schauten, alle, auch die Ärztin, auch Martina. Das

Kind! Die Tochter! Ich fühlte mich entdeckt und nackt. Ich wurde zittrig, konnte die Blicke nicht aushalten. Halt suchend griff ich nach links, erwischte den Schokoladenaufsteller, der sich erstaunlicherweise als sehr destabilisierend entpuppte, und mit einem lauten Knall zu Boden fiel. O mein Gott, diese Sauerei. Was sollte ich jetzt machen?

Ich sah schon wie ein Angestellter des Supermarkts mit einem Kehrwisch auf mich zumarschierte. Doch es war zu spät. Ich drehte mich um und hastete davon. Nur weg. Und als sich die Schiebetüren öffneten, spürte ich noch seinen Blick wie ein Brandmal in meinem Nacken.

Ansichten einer Geliebten

Ella

(Hält einen Blumenstrauß voller Rosen in der Hand, die sie in eine Vase auf einem Bistrot-Tisch drapiert, um den vier Stühle stehen.)

Es ist Valentinstag. Ich mach mir nichts draus, wirklich nicht. Klar, Blumen wären schön. Wenn ich heute all die Männer in den Blumenläden sehe. Nein, es hat mir noch keiner meiner Freunde am Valentinstag was geschenkt. Und einfordern kann man die Blumen nicht, oder? Ist doch nicht so wichtig, echt nicht.

Ich kaufe mir selbst einen Blumenstrauß, stelle ihn auf mein Nachttischchen. Nach einigen Tagen schon lassen die Rosen die Köpfe hängen. Ich werfe sie weg.

Jedenfalls, am Wochenende treffe ich Freundinnen. Ich führe nun schon seit zwei Jahren eine Beziehung. Doch am Tisch im Café beim Brunch mit meinen Freundinnen tue ich immer noch so, als ob ich Single sei. Ja, es ist nicht fair, oder? Eine hat schon einen Ring am Finger, eine andere trifft unzählige Männer für Dates. Und eigentlich erzählt sie immer das Gleiche: *wundervolle Dates, manchmal mehr. Warum meldet er sich nicht? wir hatten doch so viel gemeinsam.*

Chris meldet sich morgens, mittags, abends – immer. Wir führen eine Beziehung. Ich träume von dem Tag, an dem ich es endlich meinen Freundinnen sagen kann: „Ich habe auch einen Freund". Mit leuchtenden Augen möchte ich am Tisch sitzen und von unserem Kennenlernen erzählen dürfen. Wir gehen demnächst sogar zusammen in Urlaub. Wir machen all die Dinge, die Paare machen.

Doch gibt es uns offiziell als Paar nicht. Am Anfang war es aufregend. Ja. Und jetzt? Es ist immer noch aufregend, daran zu denken, dass ich diese heimliche Leidenschaft habe. Doch während wir Latte Macchiato trinken und Obstsalat essen, schiele ich auf mein Handy. Er wartet später auf mich am Waldparkplatz. Für ein, zwei Stunden. Ich habe keine Lust mehr auf diese verkorkste Beziehung. Wer könnte ich ohne ihn sein? So viel mehr! Ich könnte sein wie Sandra, die auf Tausende von Dates geht, Spaß hat, sich den richtigen Mann auszusuchen. Sie flirtet, sie hat Sex, sie genießt es. Oder wie Maria, die nun verlobt ist und mit ihrem Diamantring um die Wette strahlt. Oder wie Stefanie, die jeden Abend ausgeht, mal ins Theater, mal ins Kino, mal zum Speeddating.

Ich habe einen Freund, und keiner weiß es. Ich erzähle etwas von Selbstfindung, Unabhängigkeit und von gelegentlichen Ausflügen in die Welt des Online-Datings und in die Betten verschiedener Männer, die ich erfinde. Nur eine sehr gute Freundin weiß von Chris. Alle anderen sollen es bitte niemals erfahren. Und meine Familie auch nicht. Sonst versinke ich vor Scham im Boden.

Zwischen Familie und Arbeit kommt er zu mir – zu mir. Wie das wohl für ihn sein muss, nach Hause zu kommen, zur Gattin? Ihr immer wieder etwas vorzuspielen und Ausreden aufzutischen? Dann zu mir zu kommen: mich immer wieder zu beruhigen und mir Zuwendung und Liebe zu schenken. Anstrengend, es muss so anstrengend sein für ihn. Denn meine Gefühle sind mal hoch, mal tief, sie fallen und steigen wie die Aktienkurse. Eine Künstlerin, eine Diva. Ich bin fordernd. Und dazu kommt noch sein Job. Der arme Mann. Gestresst, aber zu bequem, sich seinen Baustellen zu stellen, sagt meine sehr gute Freundin. Was findest du nur an ihm?

So einen will ich, so einen liebe ich? Ich weiß es nicht mehr.

(Ella drückt die Rosen an die Brust, dann wirft sie sie vehement von sich – ins Publikum.)

Ich fühle mich wie eine Nuss in einer Zange. Kurz bevor die Schale geknackt wird. Die Spannung ist da, sie zieht sich durch meinen Körper. Bald gibt es einen Knacks. Warte es nur ab, mein Lieber.

Stella

Ella war zu Hause und saß im Schneidersitz mit ihrem Laptop auf den Knien auf dem Sofa. Sie schrieb dieses Theaterstück, diesen Monolog einer Geliebten. Sie stellte Fragen. Sie hörte genau zu. Ich fühlte mich ein bisschen wie ein Versuchskaninchen. Doch bei aller Romantik wurde mir klar, dass jetzt Schluss sein musste. Schluss mit Frank.

„Schluss, Schluss, Schluss", sagte Ella.

„Es ist dann zu Ende, wenn es zu Ende ist", fügte sie hinzu und schenkte uns aus einer angebrochenen Flasche Merlot ein, gab mir ein Glas, und dann erzählte ich ihr alles. Von der verunglückten Liebesnacht, der Wanderung, – wieso waren wir denn noch wandern? Der Kuss, der schon wieder alles, alles bedeutet hatte. Und jetzt der K.-o.-Schlag im Supermarkt.

„Werde ich nun noch zu der Geliebten in deinem Theaterstück", fragte ich Ella. „Diese Rolle ist nichts für mich."

„Das Leben verteilt manchmal die Rollen", erwiderte sie.

„Aber ich lehne sie ab." Das Lachen blieb mir im Hals stecken. Ich war verliebt. Es war zu spät. „Er will es klären", sagte ich wie zu mir selbst.

„Nein, er wird es nicht klären. Nur einer von zehn Männern verlässt die Ehefrau für die Geliebte." Ella zuckte mit den Schultern. „Das Ergebnis einer Studie. Ich hab recherchiert." Und hast du nicht gesehen, wie er mit seiner Familie umging, im Supermarkt?"

„Und wenn er aber doch einer von diesen zehn Männern ist?"

„Ist er nicht, Stella. Wenn, dann machst du ihn dazu, weil du zu ihm stehen wirst. Und sei dir klar, das verändert nicht nur sein Leben, sondern auch deines. Das wirst du spüren, du bist dann die Partnerin." Ernst sah mich meine Freundin an. Mir wurde heiß und kalt. Damit hatte ich nicht gerechnet, diese ernsten Worte. Gerade so, als wüsste sie, was in mir vorging.

„Die Frauen, die Geliebte sind, sind keine Opfer. Sie kennen die Nähe nicht oder Vertrauen, so wie der Mann, dem sie ihre Ängste vorwerfen. Wie steht's mit dir? Bist du bereit für eine Partnerschaft?"

Ich hatte keine Antwort für meine Freundin.

War ich bereit?

Wurde es jetzt ernst?

Schweigen füllte den Raum wie der Wein unsere Gläser.

Dann trank ich einen Schluck.

Ansichten einer Geliebten

Ella

(Ella am Tischchen, es ist für zwei gedeckt. Sie trägt ein hübsches Sommerkleidchen, nett und adrett ist sie, die Haare sind schön geflochten. Am Tisch ein Sonnenschirm – aufgespannt. Darauf steht „Hotel Sonnenblick". Ihr gegenüber vor dem anderen Teller sitzt eine männliche Schaufensterpuppe, ebenfalls sommerlich angezogen. Sie spricht zu der Schaufensterpuppe.)

Was bleibt, wenn du all das nicht mehr hast? Die Tochter, das Haus, die Frau, die Couchgarnitur, den Hamster, das teure Auto? Was bleibt von mir, wenn ich all das nicht mehr habe? Die Auftritte in den Musikbars, meine Schüler, die Chorleitung, das Sehnen nach dir, wenn du nicht da bist, die Angst, das Leiden, wenn du bei deiner Familie bist. Was bleibt von mir, von dir, von uns, wenn wir auf einmal frei wären? Und wir nackt voreinander stehen würden? Wie würde der Alltag aussehen? Du und ich im Alltag? Ich komme vom Konzert nach Hause, und du bist da. Du kommst von der Bank nach Hause, und ich bin da. Dann fahren wir zwei regelmäßig zusammen in den Urlaub.

Daran denke ich, als wir zusammen verreisen. Ein Kurztrip. Ein Wochenende. E–F ist beim Wellnessen, und wir lassen alles zurück – unsere Verpflichtungen und unsere Heimlichkeiten. Wir checken im Hotel unter dem gleichen Nachnamen ein: meinem Nachnamen. Und es fühlt sich gut an. Als hätten wir geheiratet. *Das Hotel im Elsass gehört zu den Erlesenen. Er kennt es von Tagungen mit der Bank. Ich glaube, er kann Spesen absetzen.*

Ich schaue von dem Hotelfenster in den Innenhof. Dort ist die Terrasse des Restaurants, auf der sich die Tische langsam mit Paaren füllen. Wie einzelne Lichter, hier ein Paar, dort ein Paar, so erhellen sie die Terrasse an diesem Abend. Ein Paar, ein Paar. Wir haben ein schönes Hotelzimmer, doch das Fenster geht in den Hof, und so kann ich sie beobachten. Alle, die zum Essen kommen, alle die erscheinen, die scheinen, den Raum erhellen ... scheinbar? Denn ich beobachte auch Langeweile, verschränkte Arme und ein gegenseitiges Anschweigen. Doch hier oben, wo mich niemand sehen kann, komme ich mir vor wie außerhalb eines Clubs, zu dem ich keinen Zutritt habe. Und der Club heißt *Partnerschaft*, der Club heißt *Pärchen-Urlaub*. Ich streiche mir über mein buntes Sommerkleid und kämme zum hundertsten Mal meine langen

Haare. Gleich werden wir unseren Auftritt haben, da unten auf der Bühne des Restaurants, und uns in den Reigen der Paare einfügen. Händchen halten, Salat und Suppe bestellen, das Essen voneinander probieren, lachen, trinken – und niemand weiß, dass wir eigentlich nicht dazu gehören. Wir sind ein Wochenende lang ein Paar, machen all die Dinge, die die anderen auch tun, doch dann, am Sonntagabend werden wir auseinandergehen. Ich sitze hier am Fenster und schaue hinunter auf diesen exklusiven Club ...

(Ella dreht sich von der Beobachtung des Hoteltisches dem Publikum zu – nimmt wieder das Fernglas vors Auge.)

Eine Woche später fährt er dann mit seiner Familie in den Urlaub.

Wie jedes Jahr. Im ersten Jahr unserer Affäre buche ich mir einen Yogakurs, ich will nichts von seinem Urlaub wissen. Wir verabschieden uns, und er fährt weg mit seiner Familie. Es macht mir nichts aus. Ich schreibe, ich komponiere, ich atme, ich lebe. Erst als er wieder da ist, merke ich, dass es mir doch etwas ausgemacht hat, mehr als ich mir eingestehe.

Im zweiten Jahr fährt er mit seiner Familie an den Lago Maggiore, und ich buche mir eine Reise nach New York. Die Stadt, die ich liebe. Doch zwischen Hochhäusern und Central Park denke ich immer wieder an ihn, und in mir steigt ein beklemmendes Gefühl hoch. Ich will das nicht. Es verdirbt mir den Urlaub. Aber alles, woran ich wie besessen denke, sind Chris und seine Frau am Lago. Sind sie glücklich? Urlaubsromantik am Lagerfeuer. Liebe unterm Sternenhimmel. Da ist was faul, ich spüre es. Er sagt, er müsse nun mal in den Urlaub. Ich starre auf mein Handy, und die wenigen Nachrichten, die ich von ihm bekomme, sind kein Trost. Ich fühle, wie er sich von mir entfernt. So ist es einmal im Jahr, wenn er im Urlaub ist. Unser gemeinsames Wochenende zählt für ihn als Wiedergutmachung. Für mich nicht.

Und ich spüre deutlich, wer wir sind ohne all das: ohne den Schmerz, die Sehnsucht. Wer sind wir dann? Er braucht den Urlaub mit seiner Frau, um mich zu vermissen. Ich brauche es auch, um zu leiden und Sehnsucht zu spüren. Ohne Frau, Kind, Haus, Couch und Hamster. Ohne meine Sehnsucht und mein Leiden wären wir nackt. Nackt, und die nackte Angst würde uns dann packen. Dann würde es ernst. Dann wäre da etwas Neues: Verbindlichkeit. Wir wünschen es uns – und doch wünschen wir uns den Schmerz. Wir sind nackt und voller Angst. Deshalb hat er all die tausend Gründe, warum er sich nicht trennen will, und tief in mir habe ich diese Gründe auch, warum ich nicht fest mit ihm zusammen sein will, sondern lieber leide. Weil ich Angst habe vor der wahren Liebe.

Stella

Ein paar Tage später, abends, als ich wieder malte, klopfte es an meiner Tür, und er stand vor mir. Frank. Wir blickten uns an, es war, als hätten wir uns erst gestern gesehen. Er trat ein, drückte mir etwas verlegen und doch irgendwie abwesend einen Blumenstrauß in die Hand, ging mit einem „Für dich" an mir vorbei und setzte sich an meinen Küchentisch. Er sah mich an – müde irgendwie. Ich stellte die Blumen in ein großes Glas, drehte mich aber sogleich zu ihm. Er war so ernst.

„Was ist Frank", fragte ich.

Er nahm meine Hand, und ich ließ es zu. Sofort breitete sich Wärme in mir aus. Sie lief von seiner Hand in meine Finger und von dort direkt in mein Herz.

„Frank. Ich hab dich so vermisst", flüsterte ich.

„Ich dich auch. Spürst du das auch? Wenn wir zusammen sind? Wir sind doch füreinander gemacht. Bitte lass mich nicht los."

„Ich lass dich nicht los", sagte ich kopfschüttelnd.

Er räusperte sich. „Ich brauche dich. Ich brauche es, dass du zu mir stehst, Stella".

Mir stockte der Atem. Ich spürte den Impuls zu flüchten. Er wollte es tun ... *dass du zu mir stehst ...* war das nicht mein Text?

„Wie meinst du das?", fragte ich.

„Ich habe einige Gespräche hinter und auch vor mir. Ich muss wissen, dass du da bist."

„Was soll ich tun?"

Auf einmal drückte etwas auf meine Brust.

War es Angst?

Mein Herz zog sich zusammen. Er beugte sich vor, sah mich eindringlich an. Es war ihm ernst. Er würde sich von seiner Frau trennen.

„Ich will keine Familie zerstören, Frank! Ich kann nicht mit dieser Schuld ... deine Frau wird mich umbringen. Wir haben doch keine Affäre, oder?"

„Nein! Das ist keine Affäre. Das ist ..."

„Liebe", entfuhr es mir und ihm zur selben Zeit.

„Frank, ich kann nur nicht. Ich weiß nicht, was du von mir verlangst, ich hab Angst."

„Vor was?"

Die Frage stand zwischen uns. „Angst davor, zu versagen. Was ist, wenn du dich trennst und es dann irgendwann mit uns schiefgeht? Das ist so eine große Verantwortung."

Er stand auf und war plötzlich bei mir, kniete sich vor mich, hielt meine Hand und sah mich an.

„Es gibt keine Garantie. Wir müssen einfach den ersten Schritt gehen".

Unsere Blicke verschmolzen. Ich nickte nur. Mein Mund war trocken.

„Soll ich dir einen Kaffee machen", fragte ich konfus, weil ein Teil von meinem Hirn sich daran erinnerte, dass gute Gastgeber so etwas sagen sollten. Gleichzeitig war mir die schale Lächerlichkeit des Satzes in dieser Situation bewusst. Doch mein Hirn schien genauso ausgedörrt wie mein Mund.

Statt einer Antwort stand Frank auf, beugte sich über mich. Wir versanken in einem Kuss, in uns, und dann lösten wir uns voneinander.

„Schau, meine Frau weiß, dass ich dich kennengelernt habe. Ich habe es ihr erzählt. Wir sind gerade dabei, Gespräche zu führen, über alles. Es ist nicht einfach, und du sollst wissen, dass ich es kläre. Auf meine Art. Und ich möchte einfach die Gewissheit haben, dass du bei mir bist. Dass du da bist. Hier." Er legte seine Hand auf sein Herz.

Das Blut schien nun völlig aus meinem Hirn zu weichen. Da waren Gedankenfetzen, da waren Gefühle, aber zu einem sinnvollen Satz reichten sie nicht aus.

Er handelte. Tatsächlich. Er handelte. Und ich konnte mich gerade nicht rühren.

Meine Hand streichelte sein Hemd, unter dem dieses große Männerherz so wild schlug.

„Möchtest du hier bleiben, fragte ich zaghaft."

Er zog mich an sich. Erneut küssten wir uns – ich weiß nicht wie lange. Dann schüttelte er den Kopf, wie jemand, der sich selbst seiner Handlung versichern will.

„Nein", keuchte er.

„Ich melde mich bei dir. Ich hab jetzt Einiges vor mir."

Frank ging. Er tat, was er tun musste, und ich saß verdattert am Küchentisch. Eben noch malte ich, um zu vergessen – und nun? Und nun kam das Schicksal durch die Tür und krempelte mein Leben um. Ich triumphierte. Einer von zehn. Ich würde es Ella erzählen, gleich morgen. Und ich würde noch mehr erzählen: Dass ich Angst hatte vor dem, was er von mir erwartete. Vor der Rolle, die ich spielen würde. Vor dem, was ich tun musste, sollte, durfte, konnte. Ich stand auf und stürzte zur Spüle, wo ich mir kaltes Wasser über die Handgelenke laufen ließ, um mich zu beruhigen.

Ansichten einer Geliebten

Ella

Ich werde es klären, sagt er. Nicht einmal, nicht zweimal, ganz oft verspricht er es mir – ständig, sagt er, dass er es klären will ... ganz bald, wirklich, sehr bald schon: *Wenn die Tochter den Schulabschluss hat ... wenn die Frau endlich emotional stabil ist ... wenn die Bank das Okay gegeben hat für günstigere Zinsen auf das Haus ... wenn der Hamster gestorben ist. Die werden doch nur zwei Jahre alt, und unserer ist schon eineinhalb. Wer soll ihn denn nach der Trennung nehmen? Wir hängen beide so sehr an ihm ... wenn die Couchgarnitur durchgesessen ist ... wenn ... wenn ... wenn ...* Sagt er das Wort noch einmal – und ich flippe aus: Wie lang soll das noch so weitergehen?

Was war die größte Tragödie in unserer Beziehung? Für Chris meine ich. Als ich meinen Ohrring in seinem Auto verlor. Verzweifelt suchte erst ich alles ab, während er mir mit der Handytaschenlampe leuchtete, dann suchte er, und ich hielt das Handy. Es war schon dunkel. So panisch habe ich ihn noch nie erlebt. Eine halbe Stunde dauerte es, bis wir meinen Ohrring gefunden hatten unter dem Beifahrersitz. An diesem Abend klaubte er zusätzlich noch ein paar meiner Haare auf – und ließ sie aus der Autotür auf den Boden fallen. Achtlos. Er sagte nichts. Er erwähnte nicht, wie sehr er meine Haare liebte.

Stella

Wenn Frank das tat, wenn er das wirklich umsetzte, dann ... was dann? Dann veränderte sich alles, dann ging unser Wunsch in Erfüllung.

Wie sagt man das? „Ich habe mich in jemanden anderen verliebt. Ich möchte mich trennen." Das schlimmste Gespräch, das man sich vorstellen konnte, oder? Und das mutigste.

Ich spürte Angst vor dem, was kommen würde. Verdammte Angst. Ist es zu groß für mich? Frank und Stella, sind wir zu groß?

Vielleicht bin ich noch nicht bereit. Ich habe Angst, dass ich es nicht schaffe. Ich weiß doch gar nicht, wie man eine Partnerschaft führt! Noch weniger weiß ich, wie ich damit umgehen soll, dass Frank sich nun trennen möchte. Was erwartet er von mir? Lastet dann die Verantwortung nicht auch auf mir? Ich werde eine Familie zerstören. Ich werde mit schuldig sein und mir die Vorwürfe anhören müssen. Und am Ende – was, wenn ich Frank nicht gerecht werde? Er enttäuscht ist

am Ende von mir? Der Preis ist zu hoch, den er be-
zahlt.

Diese Partnerschaft wollte von mir, dass ich groß würde. Das spürte ich. Erwachsen und groß, mich meinen Ängsten stellte und Frank unterstützte.

Das weite Meer der Liebe. So tief und unendlich. Tiefe Schwimmzüge hatte ich gemacht und mich treiben lassen, in Gedanken, in die Unendlichkeit. Nun saß ich wieder an Land. Angeschwemmt, trocken, feige.

Trennt er sich nun wirklich? Menschen heiraten nicht einfach so. Menschen heiraten, um zu bleiben. Er hat mich vielleicht nur getestet, redete ich mir ein. Einer von zehn Männern verlässt die Ehefrau für die Geliebte. Ich war vielleicht nur eine halbe Geliebte gewesen, aber warum sollte er dann jetzt seine Frau ganz verlassen? Ich hatte sie gesehen, im Supermarkt. Die nette Tochter – wie würde ich je mit ihr zurechtkommen wollen? Wie könnte ich je ersetzen, was er verlieren würde, so sehr ich ihn mir auch wünschen mochte. Ich setzte mich hin und schrieb Frank eine lange E-Mail. Mit all den Gedanken und all den „Ich-kann-nicht"-Sätzen.

Ich fühlte mich unendlich schwer – und leicht zugleich. Ich hatte gehandelt. Dann malte ich. Ich stand im Studio und trug goldene Farbe auf einen grünen Hintergrund auf. Die Kombination Gold und Grün hatte ich entdeckt und kostete sie voll aus. Traf ich nun seinen Grünton? Nein, den würde ich nicht treffen, nichts würde ich mehr treffen. Nur malen, malen, malen.

Ich malte mein Herz als Schwamm, denn so fühlte es sich an. Ein Schwamm. Ein nasser Schwamm, durchtränkt mit Tränen. Zu nichts mehr zu gebrauchen. Für was war das Herz gut? Sag es mir, dachte ich, während ich malte. Mein Herz, eine Mischung aus Schwamm und Muskel, aus Blut, Fleisch, Tränen und Liebe. Kann man Liebe zeichnen, plastisch darstellen? Ich hatte es versucht, indem ich das Grün immer wieder mischte. So wollte ich meine Liebe zeigen: Ich sehe dich, ich sehe deine Farbe und kann sie wiedergeben. Doch es war mir nicht gelungen. Und am Ende, als er mir anbot, es zu klären, für uns! Ich habe mich zurückgezogen in die sicheren Wände meines Studios. Weiße Wände gab es dort bald nicht mehr, denn hier lehnten überall Bilder und Zeichnungen. Von ihm, von uns, von Farben, abstrakt, plastisch, verworren. So wie das Leben selbst.

Als ich müde war, besuchte ich Ella und erzählte ihr alles. Ich hoffte auf ihre Zustimmung, doch sie sah mich nur an, als hätte ich den Verstand verloren.

„Er war bei dir und hat gesagt, dass seine Frau es weiß?"

Ich nickte.

„Er trennt sich von ihr?"

„Ja, das hat er gesagt, aber das kann er doch nicht machen!"

Ellas Gesicht war gerötet, glühte förmlich. Sie schlug mit der flachen Hand auf den Tisch. „Er tut es! Wach auf! Du hast hier einen Mann, der handelt."

Sprachlos sah ich sie an.

„Und was machst du?", fuhr sie fort. „Du verkriechst dich in dein Studio und malst. Und anstatt zu ihm zu stehen, schreibst du ihm eine kleinlaute E-Mail."

Ich stammelte etwas, um mich zu verteidigen. Doch Ella hörte es nicht, sie war wie im Tunnel.

„Es ist vorbei", murmelte ich. „Ich will keine Familie zerstören, und Frank muss das allein regeln ... Schau, am Ende ist es ja auch besser, er trennt sich, ohne schon eine Freundin zu haben. Dann ist klar, dass die Ehe zerrüttet war – und ich bin nicht schuld."

Sie schnaubte und wandte sich von mir ab.

Warum nahm sie das so mit? Sie hatte mir lange zugehört in den letzten Wochen. Sie nahm Anteil – echten Anteil. Klar, ihre Erregung musste mit der bevorstehenden Premiere ihres Theatermonologs zu tun haben, sagte ich mir. Sie hatte jetzt einen Spieltermin. In wenigen Wochen war Premiere.

Ansichten einer Geliebten

Ella

(Im Sommerkleid vor der Freiheitsstatue, die als kleine kitschige Figur hinter ihr steht.)

Hallo, ich bin's, die treue Geliebte, Tja, die Geschichte schulde ich euch noch, mein Geliebter ist also am Lago mit Familie, und ich bin in New York. Jetzt habe ich mich bei Tinder angemeldet. Große Auswahl auf der Partnerbörse. Welchen Mann will ich? Einen Adonis, der es mir jede Nacht besorgt? Oder hier, einen lieb aussehenden, etwas molligeren Typ, der auf der Suche nach was „Ernstem" ist?

Der Gedanke, dass Chris mit seiner Frau unterwegs ist, bringt mich fast um. Meine Eifersucht bringt mich fast um. Also machen wir eine Pause. Ich will mich von Chris trennen, doch er glaubt mir nicht. Glaube ich mir selbst?

Meine Dating Freundin – ihr erinnert euch? – „Warum meldet er sich nicht mehr?" hat mich beim Profil unterstützt. Das geht ja international hier. Ich will wissen, ob es einen Mann für mich gibt, den ich mag, der frei ist, frei! Ich meine frei. Und bei dem ich frei bin.

Ich scrolle mich durch die Profile. Ich suche mir einen Mann, der das Gegenteil ist von Chris: Musiker, Glatzkopf, in meinem Alter. Wir chatten ein wenig, er schreibt lustig und bringt mich zum Lachen. Noch in derselben Nacht verabreden wir uns, und am nächsten Tag ist es so weit: Ich habe ein Date! Ich könnte zehn Dates haben! Jeden Tag! Ob Chris das spürt, er muss es doch spüren, er kann mich doch nicht einfach auf ein Date lassen. Doch keine Nachricht von Chris. Also lenke ich meine Aufmerksamkeit auf Phillip.

Ich finde es süß, dass er leicht errötet bei meinem Anblick, als ich an seinen Tisch trete im verabredeten Café. (Ich trage mein Sommerkleid, niedrige Schuhe – nichts Aufgebrezeltes, ich will ja ich sein.) Er sieht in Wirklichkeit besser aus als auf seinen Fotos: größer als ich, intelligente wache Augen. Er lauscht mir fasziniert, als ich erzähle, was ich so mache Tag für Tag. Er erzählt mir von seinem Leben, dass er viel arbeitet und viel reist. Er ist weltgewandt. Er weckt Sehnsucht in mir zu reisen. Ich bin berauscht von seinem Esprit, seiner Leichtigkeit, seiner Gestik, seiner Ausdrucksweise.

Wir sprechen über Musik, und im Gegensatz zu Chris, gibt er nicht an mit seinen Schallplatten, seinem Besitz, nein, Phillip ist einfach da! Ein Gitarrist, flirtet mit mir, gibt mir all seine Aufmerksamkeit, schlägt ein Musikprojekt vor, und ich spüre, was ich will: einen Mann, wie ihn, mit dem man reisen kann, Musik machen, sich aber auch ein Zuhause aufbauen. Ach! Ich kann es haben, ich will es haben, jetzt auf der Stelle, hier, und Chris vergessen.

Phillip bringt mich zum Hotel. Da ist diese Leichtigkeit zwischen uns. Ich fühle mich wie ein Mädchen, frei, beschwingt. Ein Mann, eine Frau, ein Date. Ich denke nicht an Chris, ich habe ein Date! Es ist nicht mehr nur bloße Ablenkung, es ist Phillip, dessen Gesicht ich noch vor mir sehe, als ich an diesem Abend einschlafe.

Der nächste Tag: Ich hasse mich für das, was ich gestern liebenswert fand. Ich will zu Chris. Ich will Chris zeigen, dass ich anders bin als all die Frauen vor mir. Ich will, dass er sich für mich entscheidet. Ich bin besser, ich bin es wert. Adieu, Phillip. Mach's gut. Ich habe dich nur benutzt, um mir zu beweisen, dass ich noch begehrenswert bin für andere Männer. Ich will dich nicht. Du warst eine Ablenkung und ein Zeitvertreib. Eine Möglichkeit am Horizont. Zu weit weg.

Stella

Ich organisierte, plante, überlegte, schrieb ein Konzept zu meiner Ausstellung, deren Titel lautete: *Verschmelzung.*

Ich vermisste Frank, meinte ihn durch die Distanz zu spüren, sah was er tat, wie er Leute rettete, jetzt, wo wir nicht zusammen waren. Ich vermisste seine Gedichte, seine Gedanken, die so häufig so nah bei meinen eigenen lagen. Dann bekam ich von Miranda den Ausstellungstermin. Die ganze Galerie, in der ich noch neulich zu Gast war für mich. Doch was sollte ich zeigen? Eine große Frank-Ausstellung? Goldgrün ... Das war doch platt. Andere Themen mussten her, andere Bilder. In diesen Räumen waren keine anderen Themen denkbar. Ich konnte kaum an meinem Küchentisch vorbei, ohne den Tränen nahe zu sein. Hier hatte ein Mann gesessen und mir sein Leben angeboten.

Und ich hatte Schicksal gespielt und für uns beide gedacht.

Ich packte meine Utensilien und ging zu Sarah an den Bodensee. Sarah hatte zwei große Studios, von denen sie eines für ihre Tanzprojekte verwendete, wenn sie nicht bildnerisch tätig war. Das war gerade frei. Sie wohnte auf der Schweizer Seite des Sees in Kreuzlingen. Es war ein herzliches Wiedersehen mit meiner Zimmergenossin aus Studientagen. Sie überließ mir Haus und Studio, weil sie selbst mit ihrer Theatertruppe auf Tour war. Blumen gießen sollte ich – und zu mir finden wollte ich. Ich hatte keinen Schweizer Empfang, mein Handyvertrag hätte geändert werden müssen, und da die Schweiz außerhalb der EU lag, war das nicht so einfach. Und mir war das recht. Ungestört an der künstlerischen Zukunft arbeiten – endlich. Weit weg von Frank. Ella rief mich an. Ihr hatte ich meine Adresse gegeben, falls etwas wäre.

Sie fragte nicht viel. Ich merkte, dass sie verstanden hatte, was mit mir los war. Sie teilte mir mit, dass sie mir eine Premierenkarte zurückgelegt hatte und dass sie fest mit meinem Erscheinen rechnete. Obwohl ich viel arbeitete, gab es Momente, in denen ich versucht war, mit meinem Handy auf die deutsche Seite nach Konstanz zu laufen, nur um zu sehen, ob Frank vielleicht eine Nachricht geschickt hatte. Nur kurz … Aber ich verbot es mir.

Die frische Seeluft, die schöne Umgebung in einem lichtdurchfluteten sechseckigen Studio mit Glasdach, kein Telefon-Messenger, nette Nachbarn und ein Land, so nah an meinem und doch so verschieden – es gelang mir schnell, Inspiration und Konzentration zu vereinen. Und tatsächlich kam diese Landschaft den Farben Grün und Gold entgegen. Ich fasste Mut für meine Zukunft. Zumindest die Ausstellung würde funktionieren.

Ansichten einer Geliebten

Ella

*(Ella trägt wieder das Büßer-Kostüm. Sie ist bar-
fuß. Sie ist mit Handschellen gefesselt, am Fuß
hat sie eine schwere Eisenkette mit Kugel.)*

Warum sage ich euch nicht die Wahrheit? Ihr seid
doch das Publikum. Ihr seid doch auf meiner Seite –
oder etwa nicht?

Euch kann ich vertrauen, dem Geliebten nicht. Das
haben Geliebte so an sich, wenn sie zu lange brauchen.
Wenn das anstrengende Doppelleben zur Gewohnheit
wird. Dann lernt frau, mit der Lüge zu leben.

Warum sage ich ihm nicht die Wahrheit? Warum
euch nicht? Nicht einmal mir?

Weil ich zu gerne höre, was Chris mir ins Ohr flüstert.
Dass er verletzlich ist und ich ihm treu sein muss.
Dass ich Geduld haben soll, dass die Liebe alles über-
windet.

Weil ich zu gerne glaube an die unglückliche Ver-
kettung von Umständen. Und in Wahrheit?

Weil ich mich schäme. Vor mir selbst und vor euch. Weil ich nicht mehr die unabhängige Frau bin, als die ich stolz das Abenteuer begann, sondern dumm und klein. Mich abhängig gemacht habe von einem Mann, an dem ich nun klebe wie eine Fliege in einem Mückenfänger. Weil die Krümel, die er mir hinwirft, besser sind als der drohende Schmerz, wenn ich mir eingestehen muss, was ich eigentlich schon weiß.

Lieber hülle ich mich in die Hoffnungen und Träume, und verteidige sie mit dem gleichen Stolz wie am Anfang, als mir das einzugestehen. Darum sage ich euch nicht die Wahrheit. Weil sie weh tut. Nicht weil ich mich in ihm geirrt habe, nein, weil ich mich in mir geirrt habe. Wer gesteht sich schon ein, dass er in diesem Stadium seines Lebens gleichzeitig die Bindung sucht, aber bindungsunfähig ist.

Darum ihr Lieben, werde ich Geliebte bleiben, bis dass der Tod uns scheidet.

Stella

Es war Ella im roten Kleid, mit hochgesteckten Haaren stand sie geschminkt vor mir und schaute mich unter ihren dramatisch falschen Wimpern an.

„Wo bleibst du nur? Heute ist meine Premiere!", sagte sie. „Ich muss gleich los ins Theater. Schau dich an, in drei Stunden geht die Vorstellung los, und du bist noch in deinen Malerklamotten."

„Wie bitte? Heute? Ich dachte am Samstag!"

„Heute ist Samstag."

Ich schnappte nach Luft.

Jetzt fiel mir nichts mehr ein. Meine Ausstellung lag in den letzten Zügen. Seit drei Tagen war ich zurück aus Kreuzlingen, meine Leinwände und Bilder hatte ich mit einem gemieteten Kleinbus nach Stuttgart transportieren müssen. Jetzt ging es ans Rahmen und Finalisieren. Bald würde Miranda die Werke abholen lassen.

Ella unterbrach meine Entschuldigungen mit einem barschen: „Wie kann man nur so verpeilt sein?!"

„Ich war im Schaffensrausch", sagte ich und deutete auf meine Bilder.

„Ich muss jetzt los. Sei pünktlich, ich hab dir einen Platz in der ersten Reihe reserviert."

„Danke. Ich richte mich auch gleich."

Ich drückte meiner Freundin mit Abstand, damit sie keine Farbe abbekam, einen Kuss auf die Wange. „Sorry, ich war so vertieft in meine Arbeit, ich schwebte über allem."

„Schon okay!"

„Toi, toi, toi!", wünschte ich. Sie nickte nur, weil es Unglück bringt, Danke zu sagen. Dann rauschte sie davon.

Auf dem Boden angekommen tat ich ein paar letzte Pinselstriche und schloss dann die Tür zum Studio. Es war wirklich an der Zeit zu duschen, mich schön zu machen, und meiner Freundin zur Seite zu stehen.

Ich betrat das Theater.

Ganz vorne hatte ich meinen Platz. Ich setzte mich neben eine dickliche Dame mittleren Alters. Rechts war frei.

Mein Herz erkannte ihn, bevor es mein Verstand tat. Bevor sich unsere Blicke trafen wie beim ersten Mal. Das Licht seiner Augen ließ alles in mir erstrahlen und verteilte Flammen in meinem Herzen.

Frank war zu Ellas Premiere gekommen. Er hatte den Platz neben mir.

Warum um Himmels willen hatte er den Platz neben mir? Ich hatte ihm von dem Stück erzählt, ihn aber nicht eingeladen.

Er schaute mich an, mit einer Mischung aus Scheu und Verlegenheit.

Ich murmelte einen Gruß, den er erwiderte. Ich sog seinen Duft ein: warme Haut, männliches Parfum, klar, rein, einfach Frank. Frank.

„Stella, darf ich mich setzen", fragte er leise.

Ich nickte.

„Deine Freundin Ella hat mich eingeladen", sagte er.

„Wie?", fragte ich ratlos. „Du kennst sie doch gar nicht."

„Doch", er lächelte unsicher. „Sie stand einfach in der Rettungswache, und gesehen hatte sie mich ja, als sie dich nach dem Unfall abholte".

Ich schickte einen stummen Dank in den Himmel und zu meiner Freundin hinter die Bühne.

„Es tut mir so leid für diese E-Mail. Ich war zu feige, ich hätte dich anrufen sollen. Nochmal reden. Dich fragen, ob du Unterstützung brauchst."

„Stella, ich verstehe das. Du warst verwirrt, ich hätte nochmal kommen sollen, es dir erklären", er schüttelte leicht den Kopf. „Dir sagen, wie sehr ich mit dir zusammen sein möchte. Ich habe mir den Kopf zerbrochen, was ich falsch gemacht habe."

„Nichts, Frank", konnte ich hauchen, bevor meine Augen feucht wurden. Da geschah es. Er drückte mich an sich, ich schmolz in seine Arme hinein und ließ den Tränen freien Lauf. Hier gehörte ich hin, in die Wärme seiner Halsbeuge, in die ich meinen Kopf schmiegte und ihn einatmete. Ich blickte auf zu ihm, und er zog mich zu sich, ganz nah, bis nichts mehr zwischen uns passte.

„Ich bin ein getrennter Mann", flüsterte er.

„Ja?"

Er nickte. „Ja", bekräftigte er.

Ich setzte an erneut zu sagen, wie leid es mir tat. „Ich wollte das nicht, ich wollte zu dir stehen ... aber dann bekam ich Angst und malte, lenkte mich ab."

„Ich habe Dinge geklärt, ich musste einfach wissen: Du bist da."

Wir sagten nichts mehr. Das Licht im Saal verlosch.

Ansichten einer Geliebten

Ella

Ich komme aus New York, und Chris steht wieder vor meiner Tür. Ich weiß, dass ich ihn will. Also gebe ich noch einmal alles und sage ihm: Trenn dich von deiner Frau! Stattdessen drückt er dagegen und sagt, dass er sich von mir trennen will. Es wird ihm zu viel.

Das kann er nicht machen. Warum sagt er das?

Ich kann dir nicht geben, was du brauchst. Er sagt es, um mich unter Druck zu setzen. Ich soll weniger Druck, machen, dann können wir ins Paradies zurückkehren.

Zwei Jahre, sage ich zu ihm, zwei Jahre geht es schon mit uns.

Mach mir bitte keine Szene, sagt er. Mach keine Szene ...

Davor hat er Angst. Davor: *Setz dich nicht in Szene, setz dich nicht in dein Auto und fahr bitte nicht zu mir. Das hast du mir versprochen.*

Was wurde aus den ganzen Haaren, die er von mir sammelte. Ich dachte, er liebt mich? Mit Haut und

Haar? Was wurde aus den Versprechungen? Jetzt, da die Tochter das Abitur hat?

Was tue ich mir alles an für das bisschen Liebe? O mein Gott, ich bin es, die sich so sehr nach Liebe sehnt, dass sie bereit ist, dafür zu leiden. Ich sauge dankbar all die Krümel auf, die er mir hinwirft, weil ich dieses Loch in mir spüre. Diese riesige Sehnsucht, geliebt zu werden. Und diesen einen Traum: endlich ein Wir. Wenn aus Ich und Du ein Wir wird. Dann gibt es Gewissheit? Gibt es die jemals, voll und ganz? Du gehst deinen Weg, und ich meinen. Wir sind unseren ein Stück weit gegangen. Unser Weg gepflastert mit Liebe, Leidenschaft, Sehnsüchten, aber: keine Gewissheit. Sei dir gewiss, deine Frau hat dich für immer und ewig, bis dass der Tod euch scheidet. Und ich? Stehe am Scheideweg. Auf meinem Weg. Gehe ich ihn weiter mit dir? Für das bisschen Liebe? Bin ich stark genug, ihn nun allein zu gehen und nicht zurückzublicken? Allein. Auf Stolpersteinen mit zitternden Beinen. Ohne ihn. Wie wird es sein?

Keine täglichen WhatsApp-Nachrichten, keine Geschenke mehr, kein Sex mit Chris, keine Versprechungen und Träume, die über uns schweben wie Seifenblasen. Nichts von all dem. Wie eine Süchtige werde ich mich dann selbst auf Entzug setzen. Klingt krass, oder, wenn man das so hört? Liebesentzug, kalter Entzug. Wie hältst du das aus? Wie halten wir es aus, ohne einander? Es muss gehen, es ging doch auch davor, es muss, es muss, es muss. Gewiss ist nur der Tod. Fragt nicht nach meinem oder seinem Gewissen, das haben wir unterwegs längst verloren. Und ganz ehrlich – braucht man in der Liebe ein Gewissen?

Ich kann nicht mehr. Mein Magen rebelliert, und meine Hände zittern. Ich kann nicht mehr, und ich will nicht mehr. *Mach mir keine Szene; bei allem, was du tust, versprichst du mir, dass du mir keine Szene machst, ja, bitte.* Dies sagst du zu mir. Und ich hielt still, zwei Jahre lang. War ruhig und passte mich an. O doch, du wusstest, wie es in mir aussah und was ich mir wünschte, ich sagte es dir oft. Und du hast mich vertröstet und vertröstet, mein Lieber. Ich hab keine Lust mehr. Es ist ein Samstag, ein friedlicher, gewöhnlicher Samstag. Die Nachbarn mähen den Rasen, die Menschen gehen einkaufen, waschen ihr Auto, und ich richte mich für meine Szene. Ja, denkt ihr, mach es nicht. Und alle Ratgeber beschwören: *Rufen Sie nicht seine Frau an. Warnung – Warnung – Warnung.* Ich bin eine Bombe, die gleich hochgeht. Gib mir noch eine halbe Stunde.

Ich steige in mein Auto und fahre zu ihm. Ich steige aus, ich parke, alle sehen mich, Nachbarn, deine Kinder, dein Hamster. Alle wollen sie wissen, was ich hier zu suchen habe. Ich will jemanden erwürgen, vielleicht dieses blöde Nagetier, von dem du mir so viel erzählt hast. Ich will es ergreifen und gegen die Wand schleudern. Ich will dir an die Kehle. Ich war brav, ich wollte keine Familie zerstören. Aber jetzt will ich gesehen werden. Jetzt will ich mein Recht, will raus auf die Bühne. Ich straffe mich, meinen ganzen Körper und schreite aufrecht zur Haustür. Ich klingle. Und er öffnet. Er sieht mich, wird bleich. Ich lächle. Ich setze an. Es ist meine Szene, und dann – taucht sie hinter ihm auf – nicht seine Frau, nein, ein zierliches blondes Mädchen mit einem freundlichen Lächeln. Sie steht plötzlich da und fragt, wer ich bin.

Chris zuckt die Schultern und wendet sich an mich. Fragt mich, wer ich bin und was ich hier will. So wie sie. Die unschuldige Tochter.

Einen Moment sehe ich es vor mir. Ich schleudere ihm alles entgegen. All meine Wut und meine Tränen, meinen Schmerz und meine Sehnsüchte. Ich wüte wie ein Sturm, ich zerstöre. Ich fege durch sein Leben.

Doch was ich vor mir sehe, ist ein Chris in Pantoffeln. Ein Chris, den ich so nicht kannte. Ein schwacher Mann. Als wäre er vor meinen Augen geschrumpft. Er sieht so farblos aus. So unattraktiv, wie er da steht in seiner alten Jeans, einem T-Shirt, das zu eng ist, und den abgetragenen Hausschuhen. Sein Gesicht wirkt müde und irgendwie alt. Faltiger als sonst. Als wäre er über Nacht gealtert. Ein Mann, der müde ist von seinem Leben. Dem der Mut fehlt, etwas zu ändern. Ein Mann, der bequem ist, der sich fügt. Dem ich passiert bin.

Auf einmal ergreift mich Mitleid. Ich würde am liebsten laut lachen. All die Gefühle, all meine Anbetung sind weg. Ich trete einen Schritt zurück und murmle eine Entschuldigung, dass ich mich in der Tür geirrt habe. Dann drehe ich mich um und gehe. Ich gehe fort aus seinem Leben, und im Gehen streife ich diese dämliche Rolle ab: die Geliebte. Sie gibt es nicht. Nicht mehr. Ich bin raus. Auf dem Weg zurück zu meinem Auto trete ich ins Licht, ins Scheinwerferlicht der Bühne meines eigenen Lebens, auf der ich glänzen werde.

Stella

Der Applaus verlosch. Ich kann nicht sagen, wie Ellas Theatermonolog war. Meine Konzentration war auf den Mann neben mir gerichtet. Dem Applaus nach muss es gut gewesen sein.

Ein lautes Räuspern neben uns riss mich von ihm fort. Ich blickte in Ellas grinsendes Gesicht.

„Na, ihr Turteltäubchen, habt ihr euch wiedergefunden", sagte sie und lachte. Meine Freundin hatte unrecht. Frank und ich hatten uns nie verloren. Vielleicht aus den Augen, aber nicht aus dem Herzen.

„Das nächste Mal hätte ich gerne etwas mehr Aufmerksamkeit bei meinen Theateraufführungen."

„Danke, dass du mir zugehört hast", sagte Frank zu Ella.

„Danke, dass du mir den Glauben an die Männer zurückgegeben hast", gab Ella zurück.

„Du, einer von zehn Männern", fügte sie hinzu. Mit offenem Mund blickte ich von einem zum anderen. Dann verstand ich. Doch bevor ich etwas sagen konnte, verschwand Ella im Getümmel der Premierengäste.

Ich blickte wieder zu Frank. „Du bist ein getrennter Mann", sagte ich. Er nickte.

„Und was, wenn der getrennte Mann dich jetzt küsst?", fragte er schließlich leise.

„Küss mich", raunte ich zurück, schloss die Augen und spürte seine Lippen auf meinen. Dieser Moment war für die Ewigkeit. Unser Atem, der ineinander, miteinander floss, unsere Herzen, die im selben Rhythmus pochten, unsere Haut, so nah. Ich spürte es, das, wonach sich meine Seele gesehnt hatte: Verschmelzung. Wir zwei, die wir verschmelzen, bis wir verschmolzen sind in diesem Augenblick mit der Welt, mit dem großen Ganzen und aller Liebe. Mein Gebet war erhört worden. Ich wusste es mit Gewissheit.

Elke Reinauer
wollte schon als Kind Schriftstellerin werden und schrieb
Geschichten über Indianer und Abenteuer.
Heute schreibt sie am liebsten über Liebe und
Beziehungen.
Nachdem sie einige Jahre in Kanada verbracht hat, arbeitet
sie nun als Redakteurin für eine Lokalzeitung im
Schwarzwald.
Ihr Debütroman erschien 2018 unter dem Titel
„Deine Stimme in meinen Träumen" und spielt in Montreal
und am Yukon.